小文艺·口袋文库
小说

成为你的美好时光

不准眨眼

石一枫

目录

不准眨眼
...001...

营救麦克黄
...111...

不准眨眼

那天陈青萍召集我们三个狗男人去开大会，诸人都始料未及。接到电话的第一反应，想必是有人叹息，有人流泪，有人欢天喜地；共同之处则是每个人都充满了众望所归的成就感和沧桑感，因为谁都以为她只叫了自己。还有一点可以肯定，就是所有人都在行着持枪礼——对着大洋彼岸的陈青萍，对着载誉回国的陈青萍，对着近在咫尺玉体横陈侧卧榻上的陈青萍。我就是这样一边接着电话，一边把裤裆在小柜子上蹭啊蹭，一边看着墙角那张会咯吱咯吱叫的双人床。床上躺着我的现任女朋友，黑脸林黛玉，她正在搔首弄姿做肉感的深思状。

电话里的陈青萍说：来来来。我说：好好好。她又说：我刚离了婚。我说：嘿嘿嘿。床上的黑脸林黛玉便问：你又犯痴了，凭白看着我嘿嘿什么？我捂住电话说：没啥没啥，你膀子露在外面，看着凉了又喊疼。黑脸林黛玉便更加来劲，嘤咛一声，一条大腿也掀了出来。陈青萍那边好像有点警觉，问：谁谁谁？我比她还警觉，赶紧说：没没没。这时黑脸林黛玉却催起我来：快快快！我又捂住电话对她喊：等等等！她便赌气开始吃枕头吃被子。我只得赶紧问了时间地点：明天晚上七点？醒客咖啡馆？好好到时再叙。挂了电话，才感到舍不得，裆中之物也已蹭得甚是雄大，一步三颤走到床前，怒视黑脸林黛玉。她倒浑然不惧，索性像海豹一样昂起个半裸体问：哪个给你打电话？我说：大学同学，请我吃饭。她说：什么时候打不好，偏这会子打？我说：人家还停留在美国时间里。她又问：什么劳什子美国时间？我说：美国时间有什么稀奇的？时差你懂不懂？你要不懂咱就只能从头讲起了，话说地球它是个圆的——她穷追不舍地打断我：我是问谁在美国时间里？我说：当然是美国人民。她说：我是问你哪个同学从美国回来又在美国时间里给你打电话？我一心虚，吼道：反正是同学，你又不认识！她也有点急了，终于切入主题：男的女的？我恼羞成怒，声如洪雷：男的！她说：真的？我说：真的！她说：若是假的？我说：舌头上长一个三寸大疮行了吧？满意了吧？她这才缓和下来，说：那你凭白急什么？急什么？我趁着火性，一把把她一条大腿高高拽起：急，急什么？急的是一根鸡巴往里戳！

急着往里戳固然是搪塞，美国时间却不假。陈青萍哈欠连天地说她刚下飞机，正在倒时差。她才一回来就找我，确实把我兴奋得够呛，可我看到手上按的却是黑脸林黛玉，不免又感到一丝悲凉，便执意要关灯做爱。她又起疑心：平时都要开灯，今天为甚关灯？我说：

反正开灯关灯一样黑，省点儿电吧。她登时不依不饶，拒绝再搞，我也乐得顺水推舟，不搞拉倒。两人气哼哼背靠背睡下，我在黑暗里瞪着眼，对比着身后那位和明天就要出现在眼前的那位。黑猫白猫，都可以抓到老鼠，她们的使用价值是一样的，可是价值却有区别，市面上的价格更是天差地别。可是陈青萍为什么要离婚，而且一回国就要找我呢？难道她已经厌倦了美国的金丝豚鼠，怀念起我的小老鼠来了，认为它格外可爱格外有东方气质神秘感？难说难说，明天再说。

到了明天，我醒来的时候，黑脸林黛玉的眼睛已经哭得抽搐不止，只是乱翻。我好歹劝她两句爱你敬你一撮儿灰一阵青烟云云，以被降服状将她降服，又心猿意马地和她吃了顿午饭，赶紧打发她去上课。她走之后，我胡乱把电视台一个节目的稿子写完，就赶紧拍着屁股出门打车，直奔咖啡馆。

这个醒客咖啡馆地处北大东门外，楼下一个书店，门里一群小资。小资们或翻余秋雨或聊阿巴斯，或抽烟喝茶对着笔记本电脑发呆，生活都很幸福。我看看时间还早，刚五点钟，害怕等待时的难耐，遂去视察了一个音像店一个运动用品店一个花店。伍迪·艾伦没拍新片，迈克尔·乔丹球鞋八折，郁金香花开正艳。我考虑到手捧鲜花对着美国女大款欢迎欢迎热烈欢迎喜剧效果太浓了，便空手出来，又在街上转了两圈，最后走上过街天桥伙同外地闲散人员一起看了会儿迎面开来的车辆。几辆日本或德国车里坐的丰韵女性远看颇似出国前的陈青萍，让我几番冲动着想跳下去，给她来个从天而降的久别重逢，但那些香车美女丝毫也不停留，径直挺着车灯和乳房从我胯下钻过，傲然返回附近的几处高尚住宅。误几回天际识归舟之后，天色在不远的眼前明显变暗，我低头插着兜在来往人群里见缝就钻，匆匆走下去，往咖啡馆过来。

短短几步的时间里，我还在考虑着应该如何导演那见面的第一幕。如果我比她晚到，我是应该倚门凝视还是抽着烟在雾色里假装搜索？如果我比她先到，我是应该在遥远的一张桌前缓缓站起还是蓦然地望着窗外只给她一个侧脸？几个方案，还没正式定稿，脚已经站在了咖啡馆门口，耳朵里钻进了窃窃私语的音乐与人声，一个围着绿围裙的白胖姑娘问：先生一位？

我说：不不，找人。

找人？是找他们么？那俩人也说找人。

俩人？我眼珠一转，没在厅里找到陈青萍，目光一停，却在靠窗处发现了吴聊和肖潇。这一见之下，我从惊诧到疑惑，从疑惑到懊丧，仿佛坐在一辆急剧俯冲的过山车上。

而正坐在里面的那两位见到我来，却一不惊诧二不疑惑。想必他们互相发现的时候，已经坐过了过山车，目前正停留在长时间的懊丧之中了。他们看着我，仿佛解嘲地一笑，意为"果然还有你"。而我正迟疑着是否应该走过去，吴聊已经扬起手，有气无力却毫不留情地把我拽过去了。

这样离他们越来越近，时光倒转，往事如

昨，我又重温了一遍几年前在大学课堂上的那一幕：讲台上站着一位为自己的课程深感抱歉的马政经老师，几乎所有的学生都和他一样没精打采，在那片伏下的黑脑袋组成的田野里，陈青萍却极其醒目地腰板笔直，昂首坐着，鲜花带露，招蜂引蝶。围坐在她身边的就是我们三个，吴聊在她后面，一边迷醉于她的发香，一边更加迷醉地对她谈洛克菲勒、比尔盖茨；肖潇在她左边，老实巴交，给她看自己的学术论文，没有晚清，何来五四？我坐在她右边，既不被她听，也不被她看，却把手径直插到了她的屁股底下。

比起陈青萍的另两个追求者，我无疑目的最单纯，手法也最直接。他们功夫下在白天，我却只要夜晚；他们分据脸上两窍，我却轻取下面一眼，他们还在神圣地迂回啊迂回，我却早就直奔主题的进入啊进入了。每逢周末没课，陈青萍就会乔装打扮，上午先去和吴聊讨论经济原理，下午再听肖潇讲解学术规范，到了晚上夜黑人散，便到湖边的小树林去找我，远望一根塔，塔影插入粼粼湖中，我们两人便也实践这个象征，忙得一塌糊涂。

即便我占尽便宜，却并无优势。陈青萍死活拒绝承认我是她的男人，并威胁如果我把和她的关系讲出去，她就不再与我发生关系。这样一来，只能算偷情，还是她偷我，不是我偷她。更有甚者，偷着不如偷不着，她对外的宣布是吴聊和肖潇一起追她，两人以君子方式fair play，竞争上岗，而我的品行大家有目共睹，只能算作她的一个纠缠者，预备性骚扰犯，压根儿没有被她纳入考虑范围。

也不知道美丽的陈青萍是怎么想的。我一度认为她是个极端女权主义者，对我只是玩玩儿就算，吴聊和肖潇两者之一才是她未来床上的主角；而究竟是哪一位，则取决于吴聊先受聘于IBM公司还是肖潇先得到UCLA大学的offer。基于这种认识，我的策略只能是有便宜不占白不占——占了便宜也要当王八，不占便宜就是王八蛋，反正互相解渴，权当练兵。可是事态总是出乎我们的想象，快毕业的时候，陈青萍却神不知鬼不觉地跟着一个美国来的访问教授坐上大象一样的波音747，飞啊飞，飞到十二个小时以后的时间里去了。那洋老头在学术界颇为著名，年薪十万美刀，可谓兼取梦想实现的吴聊与肖潇二者之长，甚至在我负责的领域，也即肉体方面也不含糊——传闻他在我系卫生间撒尿，被人窥见，观者大惊：帝国主义，船坚炮利。战斧式巡航导弹，美元售价三百万，而被美国导弹炸过的地方不是会变得更加富饶么？陈青萍就这么身背多少民族恨，抛下三个伤心人，以成功女性、学术女性、肉体所向披靡的女性的身份——飞走了，连个招呼也不打，连个音信也没传来。

而生活的发展也总是与年轻人的预期存在一定的距离。我们三个，吴聊落选了IBM，自己去倒卖医疗器械了；肖潇没有得到UC的垂青，只好到一家研究所直升博士，然后留校任教了；我也没有再找到可与陈青萍匹敌的尤物，只好偏安于一个又一个有明显缺陷的女性，目前是黑脸林黛玉。总之大家都是差强人意，在奔向理想的道路上小腿儿权且倒腾着，好死不如赖活着。

可现在，当我们都学会习惯现状之后，陈青萍却又一次出乎预料，和洋老头儿离了婚，坐着大飞机，飞啊飞，飞回来了。就和当年我们还激情地追求理想时，她毫无牵挂地飞走一样。并且在出乎预料之外还有一层出乎预料：召集三人，意欲何为？难不成只是假惺惺地叙个旧？这不是她一贯的风格啊。真正的胜利者是连胜利都懒得炫耀的，就像比尔·盖茨午饭只吃汉堡包，苏格拉底的口头禅就是他一无所知，任何一个反革命流氓犯都会痛心疾首地说：为什么就找不到真正的爱爱爱情呢？

但无论如何，我们却都一个个贱兮兮地来开会了，因为失败者总会毫不吝惜地展览他们的痛处，就像用来陪衬比尔·盖茨、苏格拉底和反革命流氓犯的穷人、蠢人和女人。吴聊西装笔挺，肖潇表情木讷，我哈欠连天，三个懊丧的男人已经坐在一起，回味往昔的懊丧，消磨眼前的懊丧，等待这些懊丧的根源在门口出现。

不便见面的熟人见面,没话也得找话。我们面面相觑了一会儿,大眼瞪小眼,小眼翻白眼,然后又一起眨巴眼,终于还是我开口。我对吴聊一点头,他也一点头,我说:开上大奔了么?

他说:惭愧,还是丰田。

我又向肖潇点头:评上教授了么?

他说:惭愧,还是讲师。

他们互相看看,对我说道:得上艾滋病了么?

我说:幸亏,还是阴性。

基本情况是没发大财没成大师没得大病,基于这个前提,我们暂时躲开了陈青萍,心怀鬼胎的闲扯叙旧。首先陷入滔滔不绝的是伪大款吴聊同志。吴聊毫不谦虚地说,他已经进入了我们国家正在大力扶持的那个中产阶级阶层,这个阶层的象征性符号是日本车、三环路附近的商品房和皮尔·卡丹西服,阅读《财富》周刊和男性《时尚》杂志。虽然以目前的社会格局看来，他很难更上一层楼，成为国家小心提防，也被广大群众一致认为道德败坏的资产阶级，但毕竟已经脱离了越来越值得同情的大多数。中产阶级是个名利兼收的阶级。他应该对这个现状很满意了，即使不满于实际的财富数量，也应该对他和我与肖潇在经济上的落差知足了，况且最近他还有一喜：当前一阵非典来袭，举国上下都在温度计上战战兢兢的时候，他趁机大赚了一笔，从德国进口了大批电子温度计，供人随时随地战战兢兢。吴聊同志的情绪像温度计一样飙升，这两天正准备响应厉以宁先生高屋建瓴的号召，在郊区再买一套联体小楼，供他穿着休闲服遛狗、钓鱼、阅读《财富》《时尚》并思考人生用。这时肖潇以学者的正义感指出：你这是在发国难财。吴聊感到这种说法很无趣，怏怏地说：国家有难，匹夫发财，不过我的主要目标还是为国分忧，分忧。他又问肖潇：那你国难当头又在做啥？肖潇说他遍查史料，研究我国历史上的历次大疫，有感而发，写作《sars的考据学批判》。吴聊道：倒没发财，不过屁用没有。肖潇也觉得没趣，又问我：你在干嘛？我说：那时误吻广东妹，爽了嘴，苦了肺，躺在床上等死。吴聊道：这不像你，怎么不是在床上吃淫药，再活活把自己干死？我有些不忿，说：你为什么总把我和西门庆扯到一起？我承认我在某些方面的表现是直接了一些，但这更证明了我有一颗纯洁的心。肖潇说：西门庆怎么了，我认为西门庆也是具有形而上的苦闷，但无从解决，只好以形而下的方式排遣出来，他是中国文学的第一个零余者形象，我还有一篇论文《对金瓶梅的再叙述》，考证的是西门庆与毕晓林、叶甫盖尼·奥涅金乃至美国六十年代垮掉的一代，艾伦·金斯伯格之间的渊源。吴聊道：现在的学术真奇怪，怎么谁鸡巴越硬越流氓他们就认为谁越有形而上的追求。我说：所谓胡操乱操，替天行道，枪杆子里出政权，也出学术，这个道理佛洛依德已经指出过了。吴聊更加恶毒地说：我看并非是论证鸡巴硬才形而上，而是想论证形而上的人鸡巴都硬，学者在那方面自信不足，所以用这个办法给自己壮壮声势。肖潇听了此言，孩子般的圆脸大耳涨得通红，说：你们不懂学术，我就不该和你们说，现在请你们不要乱说。我们一直喜欢他这个样子，感到他可怜可笑又可爱，是个语言上的变童，颇堪玩味。我就说：你们学院派即使和美国接了轨，也不要滥用话语霸权么，我们民间学者的话一定是乱说么？吴聊道：你真别说，学者的鸡巴也确乎不软，我的秘书，半年前我提出搞她的时候，害怕她刚毕业的大学生和我玩儿气节，告我性骚扰，谁想人家小姑娘大大方方地说，来吧来吧，反正俺上学的时候和老师睡得，上班之后为什么就和老板睡不得？肖潇绝望地怯生生：师生恋也是有的吧？比如说鲁迅和许广萍？我说：狗屁师生恋，和老师睡是为了换学分，和老板睡是为了换工分，两腿一开，交换的倒都是数字，既然如此，须要量化，按抽插次数计价，吴聊兄，国外有没有安在女性生殖器上的打表器？进口一批，给我们母校的师妹们试用试用？吴聊道：这东西我们公司就能搞出来，出租车打表器改装一下而已。我说：为何不投放市场？吴聊道：你怎么连一点经济常识都没有？打表器按下儿蹦字儿，那性能力强的男人还不亏死？反而是超级大阳痿女人一脱袜子他就射精的那种占便宜，这样一来我们公司进口的性药品哪儿还卖得出去？就是我答应肖潇也不能答应，这不是导致中国人普遍丧失形而上追求么？我说：咦？你们公司还进口形而上壮阳药？吴聊道：你这么快就得吃药了？搞得如此不济。我说：目前倒还正常，只不过春宵一刻值千金，千金散尽又何其太快，我在这方面一向贪得无厌。吴聊道：给你搞一些也容易。我说：是不是蓝色的那种？

说完哈哈大笑，气氛一转融洽，笑声沉瀣一气，惹得邻桌的几个二十出头的小青年直向这边看。只有肖潇不停地喝水，害口渴一般地咽唾沫，并不停地眨着眼。那些小青年也许就是他学校的学生，难怪他如此尴尬。我和吴聊交换一个眼色，继续逗他。

我说：肖潇啊，你为什么一定要搞学术呢？

学术能给你带来什么好处吧？肖潇头垂得低低的，几乎像个啮齿类动物啃着桌面，轻声嗡嗡说：我不好财不好色，这是我的人生追求。吴聊拍案叹道：这个追求把你毁啦。肖潇说：学术哪点不好？我说：学术当然没甚不好，可惜缺了一样东西。肖潇说：缺什么？我正色道：眼儿！肖潇道：眼儿？什么眼儿？我把两根指头围成一个圆圈说：就是这个眼儿啊，hole。肖潇好奇道：何解？我说：吴聊爱钱，钱上有眼，所以唤作孔方兄，我爱女青年，也因为女人有三个洞，可学术有眼儿么？有眼儿么？没眼儿的东西自然没有妙处，所以说自古书生百无一用。

吴聊也说：还真是，还真是，眼儿这个东西还真是妙，有眼儿的东西都是人生的出口，没眼儿的东西只能把人生引向绝路，所谓无眼儿不入，没有眼儿，让我们往哪儿钻呢？然而肖潇到这个时候终于说出了一句有意思的话，自然也是刻薄话：这是蛔虫的逻辑吧？

我们意外地被他回了一句，两个人瞪着眼

儿，对看一回，马上高兴得嘿嘿乱扭，好像两个曼妙的蛔虫。肖潇啊肖潇，吴聊说，你这个家伙还真是有趣得紧啊。我也说：这些年过去，肖潇比过去更有趣了。肖潇不好意思：我随口说，随口说，无意讽刺你们，何必这么激动？我们说：本来没有意思的学术，经你这句话，好像有点意思啦。

而这个时候，忽然有一个人从另一张桌子旁站起来，表情肃穆地向我们走过来。这是一个三十多岁的大龄青年，连脖子带脸一片腐烂菜叶的暗黄色，干巴巴，脏乎乎的，好容易用半秃顶伪装的有些智商的形象，却轻易被那身乡镇企业家式的双排口青西服给抹煞了。他朗声对我们说：对不起，我刚才听到了你们的谈话，感到有话要说，我不能眼睁睁地听任你们这样侮辱学术。

我和吴聊打量了这人一眼，又看了看他坐的那张桌子。桌边坐着两个目光简单、脸色糙红的外地姑娘。看来这男的是一个有志向的学术青年，这种人在我们上学的时候就很多，现在应该也没有减少，他们都不是在校的大学生，却特别痴迷于夹着一个破书包，在学校里晃来晃去，嘴上用唐山话贵州话广东话响亮地说着一些有点儿名气的老师的名字，看见土一点儿的姑娘就和人家谈文学、哲学或人生。我问他：您是何方神圣？他炯炯道：我并不是神圣，但我认为学术很神圣。吴聊又问：您是中文系的研究生？他说：我也并不是研究生，但我已经在北京从事了五年的文学研究。我说：哦，原来您考了五次研究生都没考上。他耳边渗出一线飞红，登时染遍脸颊、脖子和秃顶，对着我愤怒地瞪着眼。我说：没错吧？怪不得你把学术搞得像邪教一样。他干瞪了半天才想起鄙视我一下，于是使劲鄙了一下，转向肖潇：肖老师，我听过您的课，也很尊重您，我不明白您为什么和他们这些人混在一起。肖潇也被他唬得木楞了，看看他，好像因为我们而尴尬，又看看我们，好像因为他而尴尬。双向尴尬了一会儿，他才道：您有什么见教？

那人道：见教不敢当，这是我近三个月写

的作品，一直就想请您指正一下。我已经请戴锦华老师和曹文轩老师指正过了。肖潇忙说：那就用不着我指正了吧，我水平有限有限。那人却说：不不，戴锦华老师擅长文化批评，曹文轩老师搞的是纯文学对吧？我希望您从考据学方面再提出一点意见。说着已经从破得像麻袋一样的皮包里拿出了那么多的油印纸：这一摞是文学批评，这一摞是我的诗集，这一摞是我刚杀青的一个长篇——

我们看到肖潇面无表情地对着那些纸眨巴眼，几乎笑得不行了。肖潇半天才说出一句：先不要看文章，我问你一个问题：你经常读哪些学者的书？那人昂然道：余杰。我登时笑得从椅子上出溜了下去。肖潇眨着眼又问：那作家呢？那人又昂然道：余秋雨。这一次连吴聊也出溜了下去。肖潇看到他两次昂然，我们纷纷下跌，也笑了。笑归笑，却也只能说：你就沿着他们的路子走去吧，走哪条路都行，我就不好再坏了你的方子吧。那人却非常坚决，执意把稿子往肖潇怀里塞，还要给肖潇留电话，并问肖潇的电话,还问:您能顺便把钱理群老师谢冕老师的电话一并给我么?肖潇像被挟持,连躲闪都不敢,只好低着头找我们。我一看这事儿不好收场,便拿出当年流氓无产者的劲头,斜着肩晃悠起来,对那厮道:你丫烦不烦?那人倔强地和我对视了一下,脸通红,又不愿就此走开,便把三寸高的油印纸放在了我们桌上。吴聊就尖声尖气地叫起来:这是你的桌儿吗?谁让你往这儿放了?那人赌气又拿起来,硬往肖潇腿上一撂,掉头就走。吴聊刚想说这是你的腿儿吗?肖潇结结巴巴地说:算了算了,他也不容易。吴聊道:不容易的多了,肖老师你容易么?我说:那厮怎么不容易了,我看他认为学术挺容易的,一写就那么多东西,三个月时间,又文批又长篇还诗集一块儿上马。肖潇却喜道:嘿嘿,你还有学术关怀啊。我们一听,又觉得有趣,自又笑作一团。

经这人一搅,我们更加热闹。只是我突然想起来,低头看了看表,都已经七点半了。陈青萍去哪儿了呢?有些问题我想说,我不能说,可是我还得说。再看吴聊肖潇二位,也是繁华散尽,露出一副欲说还休的样子。看来还得我说。我喝了一口茶,清清嗓子,宣布性地展开正式的话题:

咱们来这儿,不是蛋逼,而是等人吧?那个人怎么还不来呢?

话音落后,半晌沉默。一会儿,吴聊道:也许堵车。肖潇道:也许倒时差,没把握好时间。

说完以后,我们又不再说,却又盼着别人说。吴聊整整西服,把手机打开又关上,啪嗒啪嗒;肖潇摸摸稿纸,又把它们不识字一样翻来翻去,哗啦哗啦;我打量着这二位,把手指弹着玻璃方杯,叮当叮当。

啪嗒复哗啦,哗啦复叮当,足有两分钟,我们的桌上只有拟声词。肖潇必然在恨吴聊油滑,吴聊应该也在鄙视我的散漫,我则抱怨着肖潇木讷,总之三个人都在怨对方,等对方,斗智斗勇斗耐心,狭路相逢,全看谁耗得住。我确实不知道,提起陈青萍,我能跟那两位说点儿什么,所以就憋住了,一直等,等啊等。我认为最先憋不住的会是肖潇,可却是吴聊首先停止了啪嗒啪嗒。我们见他要发言,立刻停止了哗啦哗啦和叮当叮当,全场肃穆地瞅着他。

吴聊把手机像惊堂木一样往桌上一拍,问道:陈青萍离婚回国,大家都知道了吧?

知道了知道了,我说,上回书交待过了。

他又说:咱们三个跑到这儿来,就证明还是贼心不死对吧?

也是也是,我又说,三个司马昭。

他又说:那这事儿就不好办了,就像几年前一样不好办。据我分析,当年我们谁都没追上陈青萍,是什么原因?有人认为是因为美帝介入,其实不然。试想我等之才,本应该在美国佬儿登陆之前就把战斗结束了啊,为什么久攻不下,反被外人占了先机?

我说:先别我们我们的,我们不是战友,我们是情敌吧?

吴聊一拍大腿:对啦!就是这个原因!我

认为，本来凭我们三个，谁都可以追上陈青萍，可问题偏偏就出在三方面同时出击，又不可能协同作战，以至于互相牵制。坏就坏在内耗上面。你想啊，陈青萍看看这个不错，看看那个也不错，犹豫不决，此事一拖再拖，一直拖到美国佬儿来了，渔翁得利。所以说当年痛失陈青萍，实可谓三国相争，一朝归晋啊。

我说：这不是废话么，难道这种事儿还能协同作战——咱是想追求爱情爱情对吧，毕竟不是轮奸吧。

吴聊道：协同作战当然要求太高了，其实这事儿只要有两个人发扬发扬高风亮节，主动退出，另一个人就方便了——

我说：这简直就是狗屁了。那你说谁发扬高风亮节？肖潇最有涵养，肖潇干么？

肖潇漠然。我又转回来问吴聊：那你这么说，就是你想发扬啦？

吴聊道：跟你这人简直没法儿说话。你要不想听别听，算我光跟肖潇说行了吧？

小马你就别忙着打岔了，肖潇开口道，吴

聊说这么多肯定是有想法的吧？

我便对吴聊道：那你说，你说。

吴聊道：其实我的主意也很简单，无非是借用一下前人的伟大思想。先请教肖老师，所谓社会契约论，或者民主政治，是不是建立在人不利己天诛地灭，和可用的资源偏偏又不能满足所有人这两个前提之上的？

肖潇道：没错没错，这个思想是约翰·洛克和卢梭都提出过的。

吴聊道：你看，我功力犹存。不过我更会活学活用——以前咱们在追求陈青萍方面，有个君子协定吧？今天我们不妨把它再进一步，搞成民主选举，从三个人中间选出一个最应该、最能够也最适合的人去追陈青萍，其他人遵守规则，无怨无悔，有闲心的话还可以衷心祝福——当然不作硬性要求啊——诸君以为如何？

我笑道：哼哼，当年君子协定，如今民主选举，怎么越来越知识分子了？

肖潇道：知识分子有什么不好？这法子听

起来倒很理性。

吴聊道：甭管知识分子不知识分子吧，总之这办法又有效，又不会伤哥儿几个的和气——毕竟这么多年交情了，伤了和气才是最可悲的，小马你想想，当年是谁借你钱的？我！当年是谁给你写哲学史论文的？肖潇！你忍心和我们伤和气么？

我说：当年我也没少帮你们吧？你那时候倒卖圆规光收钱不交货让物理系的东北糙汉追着揍是谁在肌肉的狂欢里把你活着抢出来的？

吴聊道：所以说啊，万事和为贵，家和万事兴，考虑到爱情，又顾及交情，还要保证效率，我们只能用这个法子了吧。

我说：那行，那行，民主选举，怎么个选举法儿？提名候选人？我心目中的理想人选就是马小军同志，马小军同志最有战斗性，而且是老一辈无产阶级恋爱家了。谁敢立马横刀？唯我马大将军，要打好这次攻坚战，选马大将军众望所归。

滚蛋。吴聊也笑了，你丫能不能在党内会

议上严肃点儿？什么横刀不横刀？谁的刀都是竖的——崩管往上竖还是往下竖——横着的那是用扳手拧过。

那你们也甭指望我提你们俩人的名儿。我说。

是是，吴聊道，谁也没要求你流氓假仗义。咱们就是自荐，自荐完了再不存私心、实事求是地进行评选，这自然也要求与会人员具有较高的民主素质。

我说：那我自荐完了，我也没什么长处了。

这就是你的自荐？吴聊说，可见你丫素质真是不高——

那你给我来一素质高的？

我刚说完，一直没怎么说话的肖潇忽然抬起头来，真挚地望着我们的眼睛：那我说两句儿。

我说：行了，素质高的来了。欢迎肖潇同志发言。

肖潇却干望着我们，半天没说出话来，他只得又喝了口水开了开塞，一憋，又一憋，终于憋出一句话来：

我这些年都没有结婚。

哈哈哈。我和吴聊立刻停止互相攻击，一起拍桌子。我说：肖潇，你此言怎讲？没结婚的又不止你一个，我也没有结婚，吴聊结了么？吴聊也不言语，伸出左手，让我们看看光秃秃的无名指，示意他也是王老五。但他捎带又抖动了几下戴着白金戒指的其他两个手指，示意他与我们不同，是钻石王老五，只不过抖动手指的时候手形有些问题，好像在骂我们两个人是王八。

你看，你看，我说，无论有钱人还是没钱人，都知道结婚不好，因为有钱人有富乐子，没钱人有穷乐子，结了婚就是没乐子啦。

肖潇很茫然地又憋了一下，似乎在考虑自己是否辞不尽意。等他考虑好了，便说：

我这些年都没有恋爱。

哈哈哈。我和吴聊又拍桌子。吴聊这次的手势是把手一摊，又轻轻一挥，表达过眼烟云之意。我又在旁作注道：肖潇，你此言又怎讲？

虽说我们俩人都没闲着吧,但你是搞文学的,你应该知道,男女之间的感情多种多样,可以相互安慰也可以相互慰安。可就像纯文学一样,纯粹的爱情也只有一种吧?我们在别人身上都没找到纯粹的爱情呢。从这个角度来说,我和吴聊也保存着一颗处男的心啊。

肖潇又被我们闷回去,开始干眨巴眼,脸上渐渐憋得有些发红,好像一只小螃蟹在被文火逐渐蒸熟。我们见他不再说话,相互一笑,可他却又迸出一句话来,说得格外坚决:

我是说,这些年来,我从没接近过其他异性,我是对得起陈青萍的。

我们都没想到他会说得这么直接,全吓了一跳。吴聊这次平摊出两只手,耸起肩膀,像美国人一样表示奇怪,我还没开口,他已经自己说话了:肖潇啊,你此言就更不知怎讲了。你的意思是说,因为你还是处男,所以在追求陈青萍方面,你有更大的合法性么?你就应该享受特权么?或者说我们就应该同情你,让着你么?这个逻辑很荒谬不是么?吾尝闻提拔干部时党员优先,却未尝闻追女人时处男优先啊,即使搞学术,也不要求童子身练功吧?

肖潇已经急赤白脸了,他呼哧呼哧地摸着头,两腮的肉几乎扇乎起来:我不是这个意思。

我接上去说:肖潇却是也不是这个意思。吴聊这样揣测别人,确实无聊。肖潇的意思是,他想给我们讲一个感人的故事,这个故事发生在上个世纪的几位文学家和学者之间。从前有个林徽因,长得又白又嫩且极其小资,这样就有很多人追。来了个诗人徐志摩,没追上,又来了个逻辑学家金岳霖,也没追上。可是徐志摩也不想吃亏,扭头就去搞了个bitch陆小曼,权且先使着。但是金岳霖这人实在啊,把爱情看得神圣啊,人老人家就干等着,林徽因跟别人结了婚,他还在她家旁边守着,守了一辈子,终身不娶,元阳未泄。通过这个故事,肖潇要告诉我们,比起徐志摩,金岳霖无疑伟大得多,形而上得多,纯文学得多,所以老天有眼,应该给他一次机会,因为他要比徐志摩更爱林徽因。肖潇追求的就是这种绝唱般的深沉的爱情，对不对，肖潇，说到你心坎儿里去了吧？

肖潇喘得稍微轻了些，想摇头，又没摇起来，像个帕金森患者一样歪了两歪，说：也不全是这个意思。

我说：也不全不是这个意思对吧？咱们还是有话直说好吗？

看他不言语，吴聊便说：那就更不对了，肖潇。既然你是这个意思，那你今天又干嘛来了？你应该独自一人高山流水怆然泪下地等着守望着去啊，你要是再缠陈青萍想跟她发生点儿什么实质性的关系，那不就不够柏拉图不够纯文学了么？你那绝唱般的伟大爱情不也就不够伟大了么？你不来就怕得不到爱情，来了爱情又不伟大不深沉了，这个问题在台湾学术界讲，应该算是一个吊诡吧？

这下肖潇就有点生气了，伟大的情怀被人讲成悖论，任谁都要生气。肖潇生气的时候也很可爱，你看不出这个人在生气，他还是闷闷坐着，脸上一团和气，只不过手指在紧张地攥着裤脚,眼神飘忽,不知看哪儿,终于锁住面前的玻璃方杯,出神了,入定了,不理人了,自顾自伟大去矣。

三张嘴去了一张,接下来该吴聊发言。他现在兴头正高,所以开始赤裸地无聊:我倒不想说别的,我就想说说爱情。大家都是为了爱情来的,可是光讲爱情有意义么?爱情不能当饭吃,诸君这般年纪,也该琢磨过味儿来了。当然处男除外。

我说:你何必还挤兑肖潇。

他说:那我说的也没错儿吧?

肖潇压根儿不抬眼看他,我也只好说:基本没问题。于是吴聊继续道:既然爱情不能当饭吃,咱就只能谈经济问题了。肖潇也不要总回避政治经济学批评是吧?

我看看肖潇的神色,说:你要再说肖潇,我可急了啊。

吴聊道:好,好,咱论事不论人,论事不论人。你们想想,陈青萍这几年在哪儿生活?美国。跟谁生活?教授。美国教授别的不说,钱总是有的，一年十万美刀还是底薪不算加班儿。人家过的是什么日子？汽车、house、手挎lv，身穿channel。从俭入奢易，从奢入俭难，她再找人结婚，得再找一个能提供这些东西的主儿是吧？否则生活质量下去了，天鹅变老鸦，大熊猫儿变成猪，她能乐意么？就是她乐意，在座诸君也不乐意吧？深爱着她的男人们，你们就不希望陈青萍过着幸福的生活么？

我说：你这意思，也就你吴聊养得起她，我们俩都得靠边儿站对吧？

他说：当然如果不满足于靠边儿站，你们还有权祝福我们——这么说就太无聊了啊——我是说，二位也确乎是人中龙凤，只不过手儿也实在不宽裕，肖潇还是三千块钱一个月，据说学校改革还要拿你这样的开刀呢吧？小马现在还租着房子呢吧？你们还指望陈青萍跟着你们打一块二的车吃六块钱一斤的肉穿外贸店的衣服？情况并不复杂，但现实还是很残酷的，money is not only money, money is all。

当然了，我说，money is all，不过吴聊，你也忽略了一点，陈青萍当年傍洋人傍大款，现在可今非昔比了啊。据我所知，美国离婚都得分钱，老婆分男人一半儿的钱，而且陈青萍自己在美国也有工作，她那人那么能折腾，还能少挣得了？所以她现在是女大款了，女大款不但可以不傍大款，还可以包养个把面首。

这时肖潇不知从哪儿神游回来，猛抬头来了一句：我不用她的钱。

我回了他一句：我用！我觉得软饭是世界上最香的饭，这可是我一生的梦想啊。

嘿嘿，那倒有趣了，吴聊道：人家凭什么包养你呢？你有什么特长？money is all，我说的倒不是钱能买一切东西，我说的是经济上的成就总能代表一个人的某种价值吧？女人总喜欢有才能的男人，在这个社会上，什么才能说明男人的才能呢？

我揶揄道：怎么着也得中产阶级吧？

吴聊居然说：对啦，既然她还不认识李嘉诚曾宪梓。

我对肖潇道：瞧，多浅薄的中产阶级。

吴聊倒也洋洋得意：陈青萍也并不深刻，我早就看出来，她只是个小资女性而已，充其量也就是野心强点儿对物质要求高点儿的那种。

肖潇这时用捍卫真理的架势爆喝了一声：不要这样说陈青萍！吓的吴聊手舞足蹈，一时不知说什么好了。邻桌那个学术青年倒非常敏感，支愣着耳朵对两个村姑道：陈青萍可能是个海外汉学家的中文名字，肖老师可能最推崇他。我看到火药味儿一下这么浓，连肖潇都红了眼，连忙出来打圆场：别别，别生气，我们不要这样赤裸好不好？毕竟还是战友关系。

吴聊挨了吼，就不敢再惹肖潇，他也知道老实人发了火更可怕，于是把气撒到我这里：我是赤裸了点儿，可我也是实事求是，肖潇倒还有点儿追求，你呢？成天就俩追求，一、女的，二、活的，有眼儿就是好窝头。

是是是，我说，我是不济，可你也得承认，人生还是很丰富的，除了钱眼儿以外，还有很多眼儿都很美妙对吧？否则你又干嘛来了？所以咱也不能一叶障目，光拿钱说事儿吧？你吴聊确实比我们有钱，可是我们有的你也未见得有。

吴聊表现出一幅很有兴致的样子：愿闻其详。

我又看了看表，差十五分八点了，这个陈青萍怎么还不来？她不来，我只好说下去。我把两肘架在桌上，下巴盖住玻璃方杯说：咱们还是来讲故事，昔年西门庆要淫潘金莲，托王婆说项，王婆道，让女人就范，无非五个条件。

吴聊道：哪五条？他抖擞身板，好像马上要参加检验。我说：当年西门庆也是这样问。那王婆就说：这五条，叫做潘驴邓小闲。我掰着手指头，一一道来：何谓潘？潘安之貌，这一条，我看大家都算了吧，我浓眉小眼，吴聊瘦长丝瓜脸，肖潇是个白面团。下面是驴，驴指驴大行货，生殖器像驴一样大，诸君都是黄种人，也该有个自知之明。这两条外，其余三条，我们可谓各得其一。邓指邓通之财，吴聊有钱；小指脾气小，肖潇有涵养；闲是有闲工夫，只能由我愧居，我这人别的没有，有的就是时间。这样看来，到了如今还是三分天下，成鼎立之势，谁也不要看不起谁。

吴聊便说：既然三分之势，也总得三家归晋吧，否则不又走上当年的老路了么？究竟谁上呢？

我说：依现在看来，还真是各有优势，相争不下，难于取舍，只好另想一个办法——当然也是君子协议。这个办法就是各尽其力，优化组合：吴聊得其邓，陈青萍花钱的时候可以找你，你当倾囊资助；肖潇得其小，陈青萍痛经头疼气儿不顺的时候可以找他，肖潇也必定会逆来顺受全身心地抚慰她吧？我既得其闲，也只能应付陈青萍闲着没事，又想干点儿什么事儿的时候，我鞍前马后，鞠躬尽瘁，不在话下。这个提议，诸君以为如何？

肖潇的鼻子里哼哼了一声，把头一扭，根本懒得说话。吴聊倒被逗笑了：狗屁，你想得倒美。我出钱，肖潇受气，你去做那闲来无事便特别想做之事，你当我们都是傻波依啊？

我嘿嘿一笑：我这也是没有办法的办法，看来你们都没有牺牲精神——

这样一说，三人又笑作一团，气氛重归融洽。不过看来一切民主到最后都是一团糟，吴聊提议，既然选举这条道儿走不通，我们就再换一个办法。

肖潇便问：什么主意？

吴聊道：我们轮流去追陈青萍，一个人追的时候，其他人不准插手，看谁能追上。每人一个月时间够用么？

我说：狗屁，那先上的人追上了怎么办，对后面的人不公平。

吴聊道：这个简单，我还有一法，也是fair play。可他刚要说话间，我忽然看到一个人在咖啡馆门口探头探脑，心下一紧，赶紧伸着脖子张望。我一翘首，那两人也立刻像牵线木偶一样扭了脖子去看，三个脑袋几乎从脖子上弹起来。门口那人便马上发现了我们，径直向桌子这边走来。这人一来，吴聊立刻眉开眼笑，嘴咧得脸像个掰断的丝瓜；肖潇也不禁喜上眉梢，但又不好那么露骨，便抿了嘴，倒像个捏紧了的包子；只有我傻了眼，心头一盆冷水泼下，冻成了个霜打了的茄子。原来该来的不来，不该来的却从天上掉下来，来的正是我的姘居小伙伴，黑脸林黛玉。她今天无端又穿了一身白，黑里衬白，恰如一颗乌鸡白凤丸，香喷喷滚了过来。我目瞪口呆，想着足球、斑马、大熊猫等一切黑白相间的东西，但也没办法，恍然一眨眼，眼前还是她。

而吴聊却早早弯腰站了起来，殷勤拉椅子让座儿，也不管是谁家嫂子，张口便叫：嫂子，您来啦？

黑脸林黛玉斜眼看了他一眼，远远躲开，挨近我坐了。见状之后，吴聊更是大喜，幸灾乐祸，高声招呼服务员拿杯子和菜单来。黑脸林黛玉便趁此机会低声对我说：这就是你的同学？你怎么尽跟病人在一块儿？

我则直面这个打击，还不能醒过味儿来。惨淡的香水淋漓的唇膏，让我艰于呼吸视听，我眨巴着眼，哑吧着嘴，半天才挤出一句：是啊，因为我就是个病人。

黑脸林黛玉一听我说话这么哲理，登时慌了，抚着我的额头说：看怎么弄的，凭白又发起哪门子痴了？我赶紧扭着头躲着，眼神去看肖潇。肖潇却只是温和地笑着，笑着，笑得既单纯，又什么意思都有了。而这时黑脸林黛玉已经摸到我的胸口了：我给你那块玉呢，莫不是又砸了？

我欲哭无泪，几乎是哽咽着问：你怎么来了？

黑脸林黛玉道：我下课回家，发现没带钥匙，你又不回来，直等了半个时辰，后来隐约想起你昨天说在这个咖啡馆会朋友，就过来寻你了。

我哼哼着说：你的记性可真好，可真好——这是钥匙，快拿了回去吧。

这时吴聊便大叫：怎么才来就走，且坐一坐么，嫂子贵姓？

黑脸林黛玉自然不去理他，径自向我这里颦着脸儿，弱柳扶风。我只好咧着嘴说：嫂子不敢当，弟妹姓林。

姓林好，姓林好，一看就不是北方人吧？

我的嘴咧得连口水都拢不住：江南人氏，坐船来的。

吴聊几乎手舞足蹈起来：坐船好，坐船好，沿途看看好风景。

黑脸林黛玉这时却问：哪个是坐飞机来的？

我看着吴聊肖潇两个，一副任人宰割的神情，只望他们君子气度，下手轻点。可这更让吴聊高兴了，他对我摇头晃脑，表示不可沽名学霸王，又对着黑脸林黛玉的黑后脑勺儿说：坐飞机来的？是有是有，你且坐一坐，吃碗茶，过会子就来了。

我只盼着黑脸林黛玉说声：我哪有闲心思看那坐飞机的稀罕人儿。可她说的却是：才跑了一天，我还没吃饭哩。

吴聊便道：那且叫了饭来吃，我们也是，聊到这么晚了，全忘了饿。一起吃来一起吃。你想吃什么随便叫，我做东。

我们便各自叫了饭。吴聊胃口大开,自己就要吃一张匹萨;肖潇倒还沉稳,只吃一盘意大利通心粉;黑脸林黛玉说饿,却只要了两样精细点心,一小碗海鲜汤。我虽然折腾了一天,却没有胃口,跟着肖潇也要了一盘通心粉,只吃了两口,越吃越是透心凉,再也不想动叉子。吴聊有奶酪香肠垫底,还要叫酒,不止啤酒,还有洋酒,不止自己喝,还劝我们喝。黑脸林黛玉自是吃不得,肖潇却也破例喝了啤酒。吴聊说,在座只有我有酒量,一定要我和他喝威士忌。我心下恨恨的,就都冲着酒来了,顺势不兑水喝了两杯,脸上像隔着被单的电褥子,分明从皮肤下烫上来。黑脸林黛玉又嗔我还没吃口子饭,又喝冷酒,还要用肠胃来暖它。我借着酒劲,劈头一句放屁,你见过谁喝煮过的酒?她一惊之下,又不好发作,闷声闷气地边喝汤,边记仇。我倒想赶紧惹恼了她,轰她走人,也不对她示歉。四人吃饭,三人闷着,只有吴聊臭美不止。

到吃过饭,我刚要对黑脸林黛玉说:你回去等我好了。吴聊偏又叫服务员来再浓浓沏上一壶茶：饭都吃了，又急着走什么。黑脸林黛玉刚一皱眉，肖潇人好，马上讲道：不要刚吃过饭马上喝茶吧，饭后过些时候再喝，不会伤脾胃的。一语合了她的心思。吴聊则赶着说：那再坐坐，等一会喝了茶再回去也不迟。我看着人，越来越颓丧，看着表，越来越绝望，又喝了满满一杯酒，脑袋几乎扎到裤裆里去。

陈青萍啊，如果你堵车，那就再堵一会儿吧，如果你时差没倒过来，那干脆就继续睡吧，让我们撑到美国时间中去见你好了。我一低下头去，就不敢抬起来，生怕看到门口再出现一个人影，生怕事情变得再热闹一点。可吴聊却在一旁大力制造着热闹，黑脸林黛玉也开始享受着热闹，肖潇兀自悠然自得，闹中取静。吴聊笑嘻嘻地对肖潇：现在这里多了一个人，却只剩下两个。黑脸林黛玉酒足饭饱，也失去了戒心，问他说：这说法加减不分啊。吴聊说：我认为恋爱中的人是属于另一个世界的，不能在我们的俱乐部里充数。黑脸林黛玉说：你们是什么俱乐部？单身俱乐部？吴聊道：不全是单身俱乐部，我们这个俱乐部的名字不好说啊，不好说。黑脸林黛玉道：不好说，也总要有个名字啊。吴聊探过身来，拍着我的肩膀说：真的不好说啊不好说，对吧，小马？我向上撇着眼睛，含含糊糊地应道：啊啊——

这时黑脸林黛玉却忽然呀地叫了一声：啊，你们不会是——

吴聊问：你猜是什么？

不会是同性恋俱乐部吧？

连肖潇也扑哧一声笑了出来，问她：你看我们像么？黑脸林黛玉道：难道不像么？肖潇道：哪点像了？黑脸林黛玉道：不说倒罢，说起来还真是哪点都像。肖潇道：这是什么逻辑，没有理性的说法。黑脸林黛玉不悦道：同性恋本来就不在理性支配之内。吴聊插上来起哄：我们倒也罢了，对于小马你有亲身体会，总不能把他说成同性恋吧？黑脸林黛玉装蒜：什么体会？随即又很恐怖地说：难说难说，有些人就是阴阳电，你是不是？你是不是？

我被她惹烦了，说：是，是，行了吧？她

如雷灌顶，惊叹道：这是真的？这是真的？我说：是真的，不过你放心，我每天晚上睡觉前都洗干净啦。她却再也无法接受失身于一个下水道疏通管的事实，被震撼得摇头晃脑，鬓发凌乱，只是轻轻叹息：啊，啊——

我终于拍案而起：我说你烦不烦？她眼泪喷出：我烦？我烦？我说：你不知道你表现得傻波依得要命么？同性恋个屁，同性恋能告诉你？她脸上涨红，有如动物肾脏一般：你怎么能这样对我说话，你不是这样的人，怎么从昨天晚上起，你就——

我吼道：怎么啦？奇怪啦？我一直就是这样一个人！她说：你受了哪门子邪气，为什么偏要对我发？我给你气受了？吴聊又过来拉偏手：小马，你这样太不对了，对太太怎么可以这个态度？肖潇也说：情侣之间，要和而不同，互相谅解。我说：那好，我们回家去谅解好了。

与其坐在这里待毙，倒不如趁早回去，反正今天是屎蚵螂遇见拉稀的——白来一趟。我低头一扯林黛玉，刚起身，拔腿要走时，迎面却扑来一股香风，凭嗅觉判断决非本地人。我向下看到两条长腿，像上扫过一对酥胸，再往上看，被晃得几乎晕了。千盼万盼没盼来，紧躲慢躲没躲过，载誉归来的陈青萍，出口转内销的陈青萍，无论在美国和中国都那样光彩夺目的陈青萍，偏偏在这个时候，站在我的面前啦。

好了，同志们，让我们微笑着，沉思着，莫名其妙地，半死不活重新落座吧，世界的中心出现了。我们想靠拢她，却没法近身，想远离她，却没法挣脱，想忽略她，却没法真的视而不见。我们必将围绕着她，死心塌地地，有条不紊地转动下去，被吸引力牵扯，为离心力苦恼，这都是我们不能主宰的了。因为陈青萍就是这样一个人儿：她无论在哪里，都会让我们几个人只能用迷恋着她来证明自己的存在。实践和时间都在证明，这股魅力鬼使神差，不可言喻，几年前就鲜明地存在，现在猛然乍现之间，也丝毫没有减弱。

我、肖潇、吴聊静静地看着她的脸，一言

不发；黑脸林黛玉当然自惭形秽，又充满敌意。她似乎明白了一切，又不想承认，便极度怀疑地看着我。女人在这方面的感觉总是一针见血，她看了我只需一眼，极度怀疑就变成了极度怨恨，而我则像一个醉酒的人大步走在雨中，全不顾及打在身上的雨点。她有多少怨恨就直接来吧，仿佛与我全没关系似的。

陈青萍慢慢地在一张椅子上坐下，排名不分先后地扫了我们一眼。我们静等着她宣布一句：我回来啦。以便印证岁月如流水，回首往事上心头。可她的第一句话却是对黑脸林黛玉说的：

第一次见面吧？我来晚了，不好意思。

黑脸林黛玉面对陈青萍，却茫然失措，哼哼哈哈。狼狗面对抢了食的豹子应该也是这种反映——几乎是谄媚了。我忽然觉得她有些可怜了——她又没有犯错误，只是生不逢时，遇人不淑。于是我轻轻捅了捅她，也想没话找话，迎面戳来的却是彻头彻尾的怨毒的目光。真个是问世间情为何物，也许她在一分钟以前还是很爱我的,这个想法让我手脚冰凉。

而吴聊肖潇两个人的表情也开始走上正轨了,一个踌躇满志,一个目光哀怨。上大学的时候,就是这个样子。陈青萍也继续保持着她无限的神秘性,妙相庄严地对我们笑着,不言不语,又等着我们的千言万语。我又看了看黑脸林黛玉,她侧脸的线条像小学生做的木雕一样生硬,眼光好像没有射进空气一样,谁也不知道她在看哪儿。这个时候我忽然有了一种冲动,就是不再奉陪了,不再给陈青萍无偿捧场了,虽然她的各个部位各个举止还是那么顶呱呱,虽然我还是那么迷她。

我这样想,黑脸林黛玉却说:我去下洗手间。说完也不看人,径直走开了,空荡荡留下我一人,面对其他三个。

那么说话吧,同志们,总得有人说话吧,我们不能光凑在这里眨眼玩儿吧。可是我几乎一句话也懒得说了。陈青萍也自然不会说,优势的一方总不会先授人以柄,这是个基本的技巧。肖潇啊,你哀怨着,哀怨着,嘴角向下斜着,哆哆嗦嗦，已经千言万语难出口了吧？那么就吴聊说，自我感觉最好的人先说。

到底还是吴聊，他真的认为事态的发展会越来越对他有利么？这么勇于打开局面，这就是中产阶级的性格。吴聊的第一句话居然还是对我们大家宣布的：

看到陈青萍回来，才感觉时间过得这么快。

有人开了头，肖潇立刻接上。他那副委屈的样子，居然还能说出话来：平时也许会感到度日如年，只有在这种时刻才会觉得弹指一挥间。他又深沉了一句：这就叫一日长于百年。

陈青萍又看着我，示意该我发言了。我却不想再配合她，低头喝了一大口酒，在嘴里呼噜呼噜地漱口。她宽容地笑了，也许认为我只不过想表现与众不同，暗示自己是这些男人中唯一与她肌肤相亲过的一个。

于是她说：这个感觉我也有，每个人到了这个年纪都会有。这些年你们过得怎么样啊？吴聊恐怕是最舒服的吧？听说你生意做的不错？

吴聊挺着肚子说：勉勉强强，凑凑合合吧。肖潇也像一切无怨无悔的受害者一样说：还好，还好。我干脆仰着脖子，大张着嘴，呼呼地漱着口。

陈青萍问我：你怎么啦？怎么这么不正经啊？

我把酒咽下去，奇怪地问她：我怎么不正经了？我一直挺正经的啊？

吴聊道：这位老先生，当然不可以常人论。然后转向陈青萍，示意该感慨就继续感慨，反正以目前的状况，已经可以不带我玩儿了。

陈青萍却说：我知道为我当初出国走了，你们一定会怪我。只不过小马率性为真，不像别人不好意思说出来而已。

我阴阳怪气地说：不敢不敢，我哪儿敢啊。吴聊忙不迭道：没有没有，绝对没有。肖潇还是那副忍辱负重的样子：我没有。

陈青萍笑道：咱们不用客气，我自己也知道当时做得有点儿过分，我挺后悔的。

吴聊马上推心置腹：不用这样想，陈青萍，我现在能理解你了。人总得往高处走吧，谁不想混得好一点呢？都是生活所迫，没什么好怪的。

陈青萍说：你们怪不怪的，我也觉得对不起你们。在美国时也会想起你们来，所以刚一回来，就找大家聚一下。

肖潇调整好呼吸说：能见你一面就很好了，真的。

他们两人欲擒故纵地煽着情，让我感到越来越幽默，不禁哈地笑了一声。而陈青萍似乎对我有些不满了，她这次都没理会我，只和肖潇吴聊两人你一句我一句地假仗义着，任由我龇牙咧嘴用牙签抠耳朵。他们的主题除了致歉与谅解，就是感叹逝者如斯夫。陈青萍说：我觉得我都老啦。吴聊道：哪儿有，我看你是越来越年轻啊，美国的转基因食品养人。陈青萍道：我是说我的心态都老啦。肖潇说：唯一能让时光倒流的也就是人的心灵啦。陈青萍道：那你们也老了吧？吴聊道：成熟罢了。肖潇道：

初衷不改。

这么说了一会儿,他们也觉得无趣了,便又一齐看着我,好像我是一只奇异的生物,比如说另一部小说《一只可爱的小动物》里的那只小动物。我对他们眨着眼,一言不发。陈青萍忽然说:咦?刚才那姑娘是谁的女朋友啊?

吴聊马上指我:他的!

我对他说:你急什么,我搞的又不是你女儿,怕我不认账似的。

陈青萍又问吴聊:你都有女儿啦?

吴聊连忙大叫:他放屁!

我说:我放屁,我放屁。看来还真是崩到你脸上了,否则你哪儿会这么激动。

陈青萍道:你们两个别斗嘴啦。我是说,那姑娘上个厕所,怎么上了二十分钟还不回来啊?

那还用问,当然是气跑了。我仿佛看到黑脸林黛玉一个人跑到街上,迎风流泪。我说:那我哪儿知道?女性上厕所应该多长时间?我对女性的构造不熟悉。

肖潇又来做好人：你就不要耍贫嘴啦，快去找找吧。

我便来到卫生间门口。这是一个单人小卫生间，男女混用，里面有烟头也有卫生巾，目前却没有人。于是我就问一个服务员：那朵黑牡丹被风吹到哪儿去了？

服务员说：哪朵黑牡丹？

我说：一身白的那朵。

他说：特像马来西亚人的那个？下楼走啦。

我说：走多久了？

他说：十多分钟了吧。

于是我到吧台借了个电话，打通马来西亚林黛玉的手机。她愣头愣脑地问：谁？

我说：我我我。你怎么先跑了？

她立刻吼叫起来：你问你自己去！

我说：我怎么了？你要去哪儿啊？

她叫道：去死！

我心怀歉意，便低三下四打哈哈：啊哟，好好儿的死什么呀？死了可就万事空，但悲不见九州同了，你不想亲眼看见台湾回归了？

她说：滚你妈逼吧，我算知道你什么东西了，王八蛋一个，还他妈敢骗我，不是说来的都是男的么？那女的是怎么回事儿？再瞧你丫跟她那贼逼样儿，我他妈看了都想吐！

我从来没听过她这种风格的语言，居然被逗笑了：敢情你会说人话啊。

她最后吼了一句：少你妈扯淡，咱俩拉倒算！你以为你多值钱？老娘裤裆里有逼，再找根鸡巴还不容易！就此挂了电话，再打也不接了。

看来她这次是真急了，但这也不奇怪。姑娘们总是用震撼人心的方式和我分手，她不是第一个被我伤害的，我也不是最后一个被别人伤害的。我承认我对不起这姑娘，但也认为自己没资格在感情上自责下去，因为也没有谁会真对得起我。在操与被操的辩证法的支配下，在不断反戈一击的战局中，我们早就应该习以为常，坦然处之了。我看看吧台镜子里自己的脸，那种哭笑不得的表情已经挂了很多年了，而且还会越来越深，成为一记烙印，像黄种人的肤色一样无法磨灭。我放下电话，走向那张桌子。桌边的三个人已经显得很荒诞了，空空荡荡的心态不但让我鼓足了攫取的欲望，也还油然滋生了一丝破坏欲。我似乎在盼望事态变得更荒诞一些，荒诞到他们也无法接受的地步。

陈青萍倒是满脸的关心，探起身来问我：没事吧？她去哪儿了？

我大大咧咧地落座，今天晚上从来没有坐得这么舒服：伊倦了，便先返去了——不用管这些，咱们继续，继续吧。

于是陈青萍重新开始她的话题。这一次她脱离了泛泛的，大而无当的抒情，一转成为更具文学性表述。她还是像接受采访的成功女性那样诚恳地说：

说了这么多，你们知道我现在最怕什么吗？

蟑螂老鼠痛经？

不不不，小马不要开玩笑。陈青萍说：我现在最怕的就是眨眼。

吴聊道：怕眨眼？为什么怕眨眼呢？

陈青萍说：因为时间就是这么一眨眼之间溜过去的。一年，两年，五年，一眨眼之间，全溜走了。你们用显微镜观察过细菌病毒微生物么？我在美国做过。做这种事就最忌眨眼，一眨眼之间，镜下的那个切片里，可能就地覆天翻，换了人间，也许艾滋病毒已经钻进了淋巴细胞，也许阿米巴变形虫已经一分为二了。难道人类的生活不是这样么？一眨眼之间，中关村变了样，北京市的路我也不熟悉了，中国都快变成帝国主义国家了，我们也已经变成了现在这个样子。全在一眨眼之间。所以我最怕眨眼，我害怕不知哪次上下眼皮一碰，生活就重新组合，成了另一个完全陌生的世界了。

吴聊啧啧道：啊呀，听你一说，眨眼确实有点可怕了。

而肖潇则说：我也害怕眨眼，但我也庆幸自己眨过眼。

陈青萍问：此话何解？

肖潇道：就像陈青萍说的，眨眼像是一个时间的隧道，轻轻一眨，世界就此改变，但从另一个角度来讲，眨眼又像是按下了照相机的快门，就在生活变幻的瞬间，拍下了以前的世界最后一个镜头，并把这张永恒的照片不可磨灭地印在了我们的记忆中。眨眼让时间不经意地流逝，但又把时间封存在了人们的心中。如果没有这张照片，我们必将面对虚无的，没有意义的生活。

陈青萍啊了一声，连赞肖潇深邃：确实是这个道理。

但我早已经不耐烦了，我们来的目的是爱情或性生活，这两位，却引入了哲学讨论。吴聊则更有同感，因为这种情况发展下去，势必会被肖潇占了上风。好在陈青萍又把话题引回了具体的层面上：假如说这几年就是一次眨眼，那么你们眨眼之前留下的照片，拍到了什么呢？

我问陈青萍：先说你，你的照片是什么？

陈青萍说：当然是我走时，在飞机场。候机厅里有很多人，跑道上有很多飞机，中心景物应该是一架编号 Z-743 的波音 747。可我却不记得它是否存在了，如果它在，那么我还在地上，如果不在，那么我已经到天上了。

她又问大家。吴聊道：IBM应聘会的门外，那是你陪我一起去的，也是我们最后一次见面。门里门外都有很多人，拿着求职的履历表。可我却不记得你在不在了，如果你在，我还没有进去应聘，如果不在，那我已经落了选。

轮到肖潇，他想了想说：我们系的办公室，桌子后面坐着那个浑身是病的女教务。那好像也是我们最后一次见面，我却也忘了画面中有没有你了，如果你在，那我是去领出国留学的成绩单，如果你不在，那就是我去开保送研究生的证明了。

陈青萍似乎有些失望：看来我是若有若无的啊。我说：你讲点理好不好，你的照片里也没别人。她说：那么小马呢？你的照片里有没有我？

我说：没有。

连若有若无也不是？那你拍到了什么呢？

我说：黑咕隆咚一大片，近处是杂乱的黑

影，远处是大片的黑影，还有一根大黑柱子的影子支在我脑袋后面。

吴聊道：你说的是你夜里掉湖里那回么？

陈青萍却笑了。只有我和她明白，在我的照片中，她虽然不在视觉上存在，却在触觉上真切无比。那是她告诉我她要跟洋老头儿出国的那天晚上，我们在湖边树丛里最后一次美妙的野合。

肖潇挠挠脑袋说：我一向认为小马在艺术上是个现代主义者。

我说：不过我也不喜欢眨眼。

陈青萍问：为什么？

我说：因为我不喜欢过去的生活，也不喜欢将来的生活，我压根儿就不喜欢生活。

吴聊的中产阶级思维感到不可理喻：不会吧，你说得太绝对了吧。

肖潇又说：果然是现代主义者。

陈青萍说：我在过去总渴望未来的生活，到了未来又感到过去流逝得太快了，还没咂吧出味儿呢。因此，也许我也变成了一个不喜欢生活的人。她说完话，就 excuse 了一下，去洗手间了。吴聊舒了口气，认为比较费劲的讨论可以结束了。但他才沉默了一会儿，忽然又一机灵，凑过来对我和肖潇说：主意有了。

什么主意有了？

吴聊道：君子竞赛的公平方法啊。你看，她来之前，我们的既定办法是一人追她一个月，谁追到算谁的，单先追的占便宜，后追的吃亏对吧？我提议，为了解决这个问题，我们干脆再来一个小竞赛，决定次序。

肖潇问：什么竞赛？

吴聊道：就是不准眨眼。我们比一比，看谁坚持得久，谁最后眨眼，谁最先上，谁先眨眼，谁最后上。这样比耐力比决心，比谁更咬得住牙，公平吧？

肖潇沉思道：也是个办法。

我说：狗屁，还是我吃亏，我眼睛小，撑不住。

吴聊道：你还有脸挑三拣四？按说都不应该让你参赛——你和那黑姑娘断了没有？即便

要断,也不可能这么快吧?我们组委会也是看在多年交情上,兼之你赖在这里,决心可嘉,才勉强给你一个报名资格的,你只有感激涕零的份儿了。

我又一想,这个游戏也有点意思,就说:那就这样吧,吃点亏就吃点亏好了。

肖潇人实诚,却也仔细,他此刻告诫吴聊:谁也不准用手扒着眼皮啊,这事儿你干得出。

吴聊又告诫我:谁也不准用低级下流的手法黄色笑话之类干扰对方啊,这事儿你干得出。

我说:什么时候开始呢?

吴聊道:陈青萍回来落座伊始。

大家同意,分头热身酝酿。我做了一节眼保健操;吴聊疯狂眨了一百来下眼,储存起来备荒备战;而肖潇干脆拿出一瓶随身带的眼药水来给自己滴,工作性质让他具备了装备上的先天优势。

陈青萍回到大厅的时候,吴聊便宣布:预备了啊,预备了啊。我们一起给陈青萍数着步子:五、四、三、二、一,臀部着凳,开始。

于是大家同时运气,用力,进入状态。陈青萍坐下一会儿,奇怪于我们都不说话,扫视一圈,马上就注意到了六只炯炯的眼睛,其中两只滴溜圆(肖潇的),两只三角形(吴聊的),两只还眯缝着,怎么也撑不大(我的)。她奇道:怎么啦?你们的眼睛怎么啦?

吴聊道:我们在进行一个小比赛。

什么比赛?

肖潇道:不准眨眼。

为什么啊?

我说:刚才不是对眨眼进行了相当深刻的讨论么?为了纪念过去,展望未来,把握正在流走的时间,我们兴致所至,决定进行这项竞赛,谁输了谁请客,周末吃饭。

陈青萍哈哈笑道:太幼稚了吧。但她随即又说:不过你这么说,也挺有意义的,那我也参加吧。

吴聊道:你参加有什么用?

陈青萍道:怎么没用,大家都要纪念过去,展望未来,把握正在流逝的时间呀。

我们都在运功支持，便不再多说。陈青萍就宣布：那我现在也不眨眼睛啦。

这下变成了四个人八只眼睛，都一动不动，间或一轮，表示还活着。这个游戏还真是累，看来眨眼和喘气放屁一样，也是人类必不可少的要求之一。我撑了一会儿就感到酸得要命，便拼命想鱼想鸡，希望那些没有眼皮的动物能给我以鼓舞。

而陈青萍这时说：光干坐着，也没意思。咱们还是边比赛，边聊天吧。看来这个游戏对她来说很容易，也许因为她的眼睛大？抑或双眼皮的结构适于内部支撑？总之，她谈笑风生，我们也只好陪着她，又开始聊天。

那么又要聊些什么呢？我们已经聊过了往事，聊过了人生，按照常理，早就应该聊到床上去了，而现在谁也没有得手，只能干瞪着眼被迫聊，可见吴聊的说法还是有理：互相掣肘，内耗始然。所以我倒格外看重这个小游戏了，希望不管谁赢，好歹分出个胜负来，倒也痛快。当然我也不希望自己输，已经是君子的游戏，还要比别人更君子,那只有百分之百的纯傻逼才干得出来。相比吴聊肖潇二君也是这个念头,三人更加充满决心地瞪起眼,太阳穴上都一突一突地了。

陈青萍与我们不同,优势者永远可以没有功利目的,纯为艺术而艺术。她显得轻松得多,甚至还表现出了百无禁忌,主动把话题引向了爱情。爱情啊爱情,总算由她说出来了,倒把我吓了一跳。

她就是直接说:那咱们再谈谈爱情吧。

吴聊登时像被捅到了哪块内脏,无端打起喷嚏来,一个引出一大串,一发不可遏止。那时节,可真为难他了,也让我们见识到了人类脸上最奇异的表情。因为他在张嘴耸鼻子之际,还必须对上半张脸的肌肉严防死守,所以效果是一脸对半分开,上边铁桶箍就一般,听任着下边兵荒马乱,皮肉乱窜。只有马、驴和骡子打喷嚏才是这个样子。

肖潇则还保持着常年以来的深沉,越到要命处越深沉。脸上还是止水,哪知内心澎湃,此项学术会议上的功夫如果练到了家，即使射精的一瞬间也不会啊啊地叫，而只是像鲁迅被蚊子咬一样，不经意间一抽搐，眼睛依然无所用心地望着灯光下的柚子之类无意义的静物。

我听她这么一说，却未免有点不忿，心想不妨挑开，便对陈青萍说：你想谈爱情？你想听什么？听我们说自己爱过谁？这个话题在咱们中间只是一句废话吧？以你陈青萍之智，是喜欢听废话的人么？

陈青萍反也被我唬了一跳，她往后侧侧脖子，那胸部当挡箭牌地说：小马今天怎么火气这么大？谁招你了？

我说：不好意思不好意思。你没看我玩儿命瞪着眼么？可能看起来有些怒气。

吴聊这时捂住鼻子，止住喷嚏说：累了？那你就别硬挺着了。

我说：咱们谁挺得更艰苦一些呢？

陈青萍道：我想说的不是具体的爱情，只是抽象的爱情。我想问问你们，抽象的爱情在人生中占多大的分量呢？

我说：什么逻辑，爱情怎么还分具体和抽象呢？爱情本身就是抽象的，具体的不叫爱情。

陈青萍问：那具体的叫什么？

我说：生物学叫交配，气象学叫云雨，历史学叫洋务运动。

陈青萍又有点不满了：你今天怎么了，老和我对着说。

我却发现把话题挑明开来，有一种让人振奋的快感，于是又说：我们一向思想不合，但不妨碍在别的地方的和谐吧？

吴聊说：什么地方？陈青萍则已经隐含着愤怒，大眼睛有些收拢。我又想到把有些层面挑开了，却也不好，我总不能告诉那两位我们在交配、云雨和洋务运动上很和谐吧？于是只好岔过去：友谊啊，当然是友谊了。难道我与诸君的君子之交，不也是这样么？君子和而不同。

把那话岔过去，吴聊便问陈青萍：那你说，抽象的爱情和具体的爱情分别是什么呢？

陈青萍说：说不好。具体的爱情就是你爱

的某一个人，抽象的爱情就是你对某一个人的爱？也不能这么说，成了车轱辘话了。

肖潇说：我所理解的具体的爱情是及物的，抽象的爱情是不及物的，对否？

陈青萍说：对对，还是肖潇准确。

我又说：不及物——你倒会把自己撇清。

大家又尴尬地看我。肖潇也哽着嗓子说：小马今天是怎么了？

吴聊一字一顿地用重音对我说：在比赛结束之前，你说这个不太好吧？他又对另两人建议：甭理他，他是有具体的人了，咱们来讨论抽象吧。

我又说：你们都多大的人了，这岁数还讨论爱情，可笑不可笑？

肖潇诚恳地对我说：请不要这样了好么，小马，这样反而显得很做作。

陈青萍也说：是啊，抽象的爱情有什么不好的呢？难道不是每个人都需要它么？

我说：抽象的爱情——不及物的爱情？难道你们没有仔细考虑过它究竟是什么么？什么

叫不及物？不及物就是不及某个具体的物，也就是能及这世界上任何一物，不及物的爱情也就是对任何一个异性或纯粹的"异性"的爱情——鸿渐的一句话，压根儿的生殖冲动，中产阶级倒是很需要这玩意儿。

吴聊马上道：你干嘛对中产阶级有那么大的敌意呢？

没有敌意，哪儿会有敌意呢？我说：中产阶级是这个社会的阳具，定海神针，能长能短，伸缩自如，我们大家都很景仰它。

那也不要对抽象的爱情有那么大的敌意好不好？陈青萍说：就算它是属于中产阶级的，你也不要有偏见么。

人类总是共通的。肖潇说。

是，是，可是讨论它又有什么意义呢？我的眼睛已经瞪得发抖了，太阳穴好像要爆炸了一样，现在看起来一定目眦欲裂，极其凶恶。

怎么没有意义呢？那三个人一起问我。

爱情有眼儿么？我大声问。

什么？眼儿？陈青萍说。

对，眼儿，hole！我对吴聊说：刚才不是说过么？有眼儿的东西才是人生的出路，爱情有眼儿么？爱情只是人生的死胡同。

我说过这话么？吴聊道：这话倒像是个肛门科大夫的口径。

你要不承认就算了，我说，那你们讨论你们的吧，我对抽象的爱情不感兴趣。

我想，也许你是眼睛实在累得不行了，想故意打个岔吧？陈青萍说：你还是这样，一着急就爱打岔，胡言乱语不知所云。

嘿嘿，还是你了解我。我用翻白眼的力道往上扯着眼皮说。

于是他们就开始谈抽象的爱情。小河流水哗哗响，远方传来驼铃声，大抵是这些意象。我看得出来，肖潇和吴聊两个人也很乏味，也不知道陈青萍在卖什么药，他们只是像撑着眼皮一样勉强迎合着她，还尽量表现着积极性。我半趴在桌上，打量着他们的眼睛。肖潇的眼睛瞪得鼻子都开始抽筋了，而吴聊的眼球已经在充血，仿佛时刻就要滚下来，掉进茶杯里，可奇怪的是陈青萍，她这么长时间以来，一下眼也没眨，怎么毫无倦态呢？她还在说啊说啊，没话找话说：具像的爱情转瞬即逝，抽象的爱情却能长远地埋在人们的心间，心间，是生活的底线，底线！

我的眼皮几乎成了两个小黑洞，要把整张头皮都吸进去。越看着陈青萍那双不费吹灰之力的眼睛，我越感到没信心，认为自己快顶不住防线了，于是我把脸扭过去，向别的桌张望。这时在我们不远处，坐着几个奇异的男青年。我有生以来，从未见过这么多的优质肌肉堆在一起，真是太壮观了。他们一定是健美队的运动员，一个个像牛一样壮，又穿着比兔子皮还小的紧身背心，油光锃亮，棱角分明，两块胸肌似小山，八块腹肌如铁板。而这些肌肉在做什么呢？他们在一边吃一块比洗衣板还厚还硬还大的牛排，一边讨论肌肉。成龙？不行。没看他的胸肌都是椭圆的么？一看就透着东亚病夫的劲儿。唱戏的出身，那能叫胸肌么？那只能叫鸡胸！成龙不行李小龙总还可以吧？太瘦了太瘦了，成龙好歹还是一肉鸡胸李小龙就是一柴鸡胸。按你这么说咱中国人的肌肉是没前途了？我没这么说，我只不过说前人在肌肉上走了太多的弯路而已。那你说，什么样的肌肉叫肌肉？咱就谈谈阿诺吧，人都五十多了，你看那两大块儿，还是那么浑厚。你太崇洋媚外了吧？阿诺那两块大是大，可谁知道现在还硬不硬啊？没准儿还得带乳罩撑钢丝才能保持造型呢吧？我们得承认，在肌肉的道路上，我们必须得崇洋媚外，阿诺用那两块东西就能夹死李小龙。我就是看不上你这一点，真的，只追求体形是不好的，据说很多以块儿著称的洋爷们儿都十分脆弱，他们大量注射肌肉催化剂，导致睾丸缩小得像两颗花生米。

我一边对那些肌肉瞪大了眼睛，一边听他们争论，感到十分有趣。我们的生活就是这样，抽象的爱情与肌肉并存。但这下也惹了麻烦：我的左眼突然抽起筋来了，一扯一扯跳得厉害，我又不敢去动眼睛，只好用手去拽鼻子，希望能牵制一下眼睛。而此时那个主张全盘西化的巨型肌肉男已经注意我很久了，他忽然盯住了我，腾地一下跳了起来：

你丫照谁呢？

我照你了么？我说。再一想也是，我的眼睛一定已经变得奇形怪状，任人都会感到挑衅的，但我情绪不好，趁着火气，依然在对他照眼儿。

非但照我，你丫还敢跟我学李小龙！

李小龙？我被他像我大腿一样粗的肱二头肌以及呲来呲去的腋毛晃得睁不开眼。

对,李小龙！你那只手为什么放在鼻子上？是不是在学李小龙？有些中国人就是这操性，蔑视肌肉，看到大块儿肌肉就幻想李小龙和俄国大力士——

我借着酒劲儿说：不要说放在鼻子上，就是放在你妈逼上也不犯法。可还没说完，就已经颈上一紧，脚下一松，让他生生拽着领子从椅子上提了起来。

我像坐电梯一样骤然失重，才醒过神来。看来这位仁兄是在肌肉的本土化和西方化两条道路的论争中搞得很不愉快,顺便拿我发泄力比多呢。我的两条腿已经像一只实验用的青蛙那样悬在半空了,不时抽动一小下。这只青蛙当然有两只鼓眼泡,因为它太长时间没有眨眼,又突遭巨变,心情激荡,头部充血,两眼登时红通通肿胀起来。这更加激怒了肌肉道路上的全盘西化者,他把我拎近一些,脸对脸地鼓起两块马一样的咀嚼肌,从嘴里威严地挤出话来:

你——丫——还——敢——照——眼?

这种情况下,我当然不能承认我在和他犯照,可是也不能动一下眼睛,因为肖潇是吓傻了,眼睛更加凝固,吴聊却还有余力,一边站起来劝道:别打架别打架,一边紧密地监视着我的眼睛。

他嘴上说着,手已经抚摸起那汉子提着我的那只手臂来。面对这钢铁一般坚硬,树干一般粗壮、釉器一般光亮的手臂,他还能做些什么呢?难道指望他能把它掰开不成?他能做的只有温柔地抚摸而已。摸了几下子,吴聊赞道:真个天生神力。

狗屁！肌肉男哼道：这是后天努力的结果，还需要先进的饮食计划。

那好，那好。吴聊敬佩地说，同时幸灾乐祸地看了我一眼。这时我已经被勒得翻白眼了，不但要竭力撑大自己的喉咙，还要和慢慢下滑的眼皮们作斗争，哪有力气理他。只听得他试探性地问道：

开个价儿吧？

开什么价儿？让我给肌肉开价儿？那汉子勃然大怒，手上更紧了，摆得我四肢一齐乱筛，全咖啡馆的人都在震惊地看着这边。

不不不。吴聊说：肌肉无价，我是说——给他开个价。你们要多少钱，才能放过这厮？

咦？吴聊的论调倒让肌肉男也感到很奇异。他仔细评估了我一下，说：真开价儿，还不好说，你先说一个吧。

那我就说了啊，你们别嫌少：两百，够么？

不行不行。肌肉男手腕一抖，让我摇着头：这么一大活人就两百块钱，太便宜了吧？

吴聊道：您是不知道，我可知道他。就他

这样儿的，各方面都无过人之处，能值多少钱？两百还是看情面呢。您看着办吧，过一会儿死了可就连两百都不值了。

不成不成。肌肉男说：好歹你再加点儿，把我们这顿饭结了。他影响了我们的情绪破坏了我们的晚餐，总得给个赔偿吧？

行，行，多少？

四客牛排八瓶啤酒，一共三百二。

就这么着吧，拿走。

肌肉男左手接钱，右手一松，我一屁股坐到地上，头晕眼花，金星乱飞，待到喘上气儿来，眼前的雪花儿逐渐聚焦成人形，便痴傻儿一样望着天花板，眼睛涨得更大了。

这个举动被那个肌肉男看到，他倒乐了，饶有兴致地蹲下来说：你看你看，他还照眼儿呢。

吴聊赶紧弯下腰来说：你就眨眨眼行么，不然这事儿完不了了。

那肌肉男却伸出两个手指头，像逗小狗一样挠着我的下巴：真是挺好玩儿的啊，他这眼睛怎么就这么奇异呢？来照一个照一个——

话音未落，我就出嘴如电，一口咬住了他的手指头，接着就像夹紧的钳子一样，再也不松开了。那感觉又咸又软，好像一块饼干，看来再强的肌肉也有漏洞。他疼得嗷嗷乱叫，旁边两个人忙上来要掰我的嘴，被我一晃头，呜呜两嗓子恐吓开。吴聊解释道：他这意思可能是，你们要动他，他就把这俩手指头咬下来。

那不成那不成，我还得抓杠铃呢。外强中干的肌肉男慌了。我眼前就是那条无比强壮的胳膊，但现在它却显得如此孱弱，隆起的肌肉块完全失却了刚才的神话色彩。

那，要不，您再开个价儿？吴聊对他说。

肌肉男还没来得及想，已经被我一用力，嘎巴一声，哆嗦着跪到地上。他连忙说：得了得了，我三百二再买回来这俩手指头行么？

吴聊便问我：意下如何？

我死咬住不撒嘴，仇恨地摇了摇头，扯得肌肉男也大幅度摆动起来，饶你钢铁铸就，也成了牵线木偶。

那不好办了。吴聊说：这哥们儿是流氓无产者，不在乎钱，只为一口气。看来您得服个软儿才行了。

肌肉男刚一疑惑，我又一用力。他马上哀声伏地，低三下四以妾妇之态求道：大哥您牛逼，我错了行么？

我这才心满意足，轻快地张开嘴，吐了两口血水，对吴聊说：今儿让你见识到什么叫以弱胜强四两拨千斤了吧？

真牛逼真牛逼。围观的群众也说。可还没赞完，大家又看到那肌肉男忽然面露凶色，左拳抡了个弧线，夹着呼呼风势，给我来了个千斤打四两，一拳正砸在我左眼之上。

我脑袋里轰隆一声，眼眶处咯嚓一响，就登时黑成一片，身体沿着地面平行飞去时，似乎听见了他的一声怒吼：打不死丫王八蛋！

然后就是陈青萍的喊叫：911911——不对，110！

等我醒来以后，马上看到的就是三双瞪得分外夸张的眼睛，看来虽然遇到了意外情况，我们的比赛还在照常进行。只不过男运动员们已经筋疲力尽，吴聊的眼角都在不断地抽动，而肖潇干脆变成了一只可爱的小白兔——眼球充血过多，一片通红。奇怪的还是陈青萍，她的眼睛也是一眨也不眨，此刻却依然异常轻松，表情柔和，游刃有余，真异人也。

Are you all right？她摸着我的额头说。

我晃晃脑袋，感觉它像一个存钱罐，里面有几个钢镚儿东撞西撞，哗哗作响。看来那一拳可能把我的某一部分大脑给震下来了。但我还是说：没事儿。

哎，哎，肖潇一贯在事发的时候不敢吭声，事后摇头兴叹：你老是爱惹事儿，这么大岁数了还不改。

我说：这证明我还有一颗年轻的心。惜乎身子骨不行了，如今坏在鼠辈手里。

吴聊开口说：歇了吧你，我就没见你跟人打架赢过。顺便告诉你一句，这比赛你输了啊。

我怎么输了？我立刻像弹簧一样挺起来吼道：我一直都没眨眼。

对对，你的意志品质确实可嘉，但有的时候客观条件还是会限制选手的发挥——你难道还没意识到么？你的左眼看得见东西么？

我听言四下看看，果然只有右眼还能视物，左眼一片黑洞洞。

对啦。吴聊兴高采烈地说：你虽然没眨眼，可那一拳把你的左眼打得肿得像个桃子，上下眼皮膨胀，合到一起，连条缝儿也没留。

是这样么？是这样么？我跟跄着爬起来，拿起一个光亮的金属盘子，照照自己的脸。果然如此。但我还是申辩说：不行吧，这可不能算眨眼。

怎么不算眨眼？吴聊说：眨眼的定义是什么？就是上下眼皮合在一起。

不能这样定义吧？那睡觉呢？睡觉能算眨眼么？

从我们的出发点来说，睡觉只不过是时间长一些的眨眼么。一眨眼沧海桑田，一觉醒来换了人间，这两者在哲学上和修辞上都是一样一样一样的。无论如何，你就是输了，小马同志不要不认账。要不我们表决一下，认为小马同志输了的请举手。

吴聊说着举起手，肖潇看看我，也慢慢举起手来。陈青萍做了个美国式耸肩，表示放弃表决权。

好，多数。吴聊说：大赛组委会宣布，小马同志输啦。虽然您与金牌无缘，可是您已经充分发扬了体育精神，虽败犹荣，我们可以考虑授予您一个最佳风格奖。

滚你大爷的吧。我悻悻地接受了现实，玩儿命眨着完好的那只眼睛说。

那现在怎么着？吴聊虽然眼睛也累得像两个拉了一天稀的肛门了，但此刻精神却格外饱满：你是继续列席比赛还是退场治疗？我建议你还是以身体为重，很多著名运动员的运动生涯都是因伤——

得了得了，我烦躁地说：我他妈不玩儿了，跟你们玩儿真没劲。

没劲没劲行了吧，我也觉得没劲。

我撑着哗哗响的脑袋，看看四周。咖啡馆

里已经没几个人了，几个服务员疲倦地盯着我们这里。客人们也许都被刚才那场武戏给吓跑了。再一看墙上的钟，都已经十一点多了，看来我这一昏迷，时间还真不短。而另三位不眨眼的比赛已经持续了三个多小时，的确让人叹为观止。

那我先滚了。我从椅子上抓起包，摇摇晃晃想往外走，但脚下却像上了镣，一绊，上身轻飘飘就往地上拍过去。我还没反应过来，已经被人托住。正是陈青萍，她伸手扶住了我的肩膀，我趁机在她的胸脯上狠嗅了一口。CD香水也掩不住那股熟悉的、清新的肉香，混合着树丛以及湖水的气息。这女人总能让我感慨良多。

不行，她说：你都这样儿了，哪儿能让你一个人走啊。我送你吧。

这话立刻让吴聊和肖潇傻了眼。他们费尽全力地瞪着陈青萍，吴聊干巴巴地说：那，那还是别走了吧，我们让小马再休息一会儿。

算了。陈青萍看看表，晃晃头发说：时候

也不早了,我时差还没倒干净,先回去吧。小马住在五道口?和我顺路,正好我送他。

不不不,吴聊被这个变故弄得手足无措:要走一起走吧,我开车送你们,送你们好不好?

不用了。你住哪儿?建国门那边吧?陈青萍干练地说,嗓音脆生生:这两天听说四环路修路呢,你送我们的话,就得绕道儿,特别不好走。合理的安排不正应该是你送肖潇,我送小马么?

吴聊还想说,陈青萍又接上:今天就到这儿好了,见到这么多老朋友,我挺高兴的,也挺温暖,觉得回国以后并不孤单。我们的友谊值得让我们 keep in touch 吧?

值得,值得。吴聊变得垂头丧气了。他忽然又问:那我们的比赛呢?比赛还没进行完呢。

一个小游戏,何必那么认真?陈青萍目光炯炯,眼皮动也不动地说:玩儿玩儿算了。都快玩儿出人命来了,还嫌不刺激呢?你们要真想把它继续下去,那也可以分头进行,谁先挺不住了,就赶快给对方打电话认输好不好?君子比赛,重在自律,这不也是大家一贯的风格么?

自律,自律。吴聊无可奈何了。他如果再坚持下去,就显得太做作了,只好作罢。陈青萍便扶着我宣布:

那我们走啦?

现在轮到因祸得福的我笑嘻嘻了,我也热情地招着手说:走啦?

而那两个人干瞪着眼,动也不动,这可不是因为还在坚持,而是愣了神,忘了眨了。

这样愣了半分钟,陈青萍又说:那我们走啦?

我重复:走啦?看到那两人还没表示,干脆拉着陈青萍就走。刚走两步,陈青萍忽然停住,又转过身来说:还有一件事,忘了告诉大家。

我靠着她的肩膀问:什么事?

陈青萍说:我这次回国,是来找我的新未婚夫结婚的。他现在也在大学里做访问学者。

婚礼的时候,大家一定要来。

  我听到这话,立刻尖声尖气地大笑起来,笑得都控制不住自己的声带了。有趣,太有趣了。而我想到更加有趣的是另外两位同志的反应,便抬头去看吴聊和肖潇。只见那两位已经完全变成了雕像,仿佛已经在原地站了上千年。随着咯吱咯吱的响声,雕像们略微有了点动作,吴聊挂上了索然无味的苦笑,肖潇则慢慢低下了头,头发耷拉下来,几乎看不见他的脸。大家又是费尽心机地白来一趟,刚才为什么要表现得那么积极踊跃呢?可怜的吴聊和肖潇,他们必须用油滑和深刻来接受这个事实。这个过程无疑是尴尬的,尴尬的事情重复一遍就会加倍尴尬,尴尬得连话也挤不出来了,只剩下我的怪笑:哈哈哈,哈哈哈。当你投入生活跟你开的小玩笑以后,就会发现生活还是很有意思的。

  陈青萍也让我们弄呆了,也许她非要在临别时宣布那个消息,也暴露了她的刻意,也让她尴尬了起来。在失去了一贯的游刃有余之后，她好像也后悔了，只能瞪着眼，与我们对视。现在的八只眼，只有我的右眼可以自由地舞蹈，只有我的左眼可以坦然地睡觉，吴聊和肖潇则是还不能接受生活的幽默感，忘记了眨眼。

有人在沉默中爆发，有人在沉默中灭亡，有人在尴尬中装疯卖傻或意志消沉，那么就有人会由于尴尬而酝酿一次感情的小规模井喷。这口喷井就是肖潇。可以说，他一直在深沉地酝酿着，把抽象的爱情、实存的力比多等等东西压在学者的内脏里，这个时候终于憋不住了，似乎是陈青萍真正让他开始抱怨上天的不公了，他终于找到了节点，扣动了扳机，拉起了阀门——我们都眼睁睁地看到，肖潇同志的两颗红灯泡眼睛忽然像破裂了一般，喷出两股水儿来，喷得又高又远，弧线如同儿童小便，飞了三四米远，正滋在陈青萍的胸膛上。

而肖潇同志随即便像初生的婴儿一般哇哇大哭，像初生的小狗一样扑倒在陈青萍脚下，又像初生的小羊一样一边吃奶一边抬头仰望着上方那个伟大的雌性动物。

陈青萍这时才慌了,也许她从来没想过如何面对这样狂烈的感情,也许她一贯把我们看作懦弱、虚伪和唯性主义者的分别代表人物,才有那么大的自信心。而现在她真不知道如何是好了,只能哎呀哎呀地叫着:这是怎么回事?这是怎么回事?

喝多了喝多了。毕竟是吴聊,中产阶级都是一些现实主义者,总能迅速地接受现实,并回到现实中来,他疲倦、但又无可奈何地跑过来,抱住肖潇的腰,像拖麻袋一样拽着他:肖潇这人从来不喝酒,没想到今天喝了一点儿,就喝成这样。理性一点,肖潇,别太激情了好么?

而肖潇只是哇哇大哭,汁液横流地拥抱着陈青萍裙子底下那两根神柱,蹭来蹭去,不能自制。

我也忍住笑,弯下腰去,一根一根地和肖潇较着劲,把他的指头掰开,然后对陈青萍说:快走快走。

陈青萍跑开两步，恐慌地望着三个滚做一团的男人。肖潇还在哭着吼着挣扎着，表演着古来圣徒理想破灭状，我和吴聊一个人压他上半身，一个人压他下半身，九牛二虎，终于将其制住，如同即将宰杀一只宁死不屈的食草类动物。

你一个人弄得住他么？我问吴聊。

弄不住。吴聊没好气地说。

那我也不管了，你一人慢慢儿弄吧。我按着肖潇的背勉强蹲起来，又对吴聊说：对了，你获胜了。

什么获胜？

不准眨眼的比赛啊。你看肖潇是不是闭着眼嚎呢？闭了吧？他这一疯，自动弃权了。君子协议，你可以先上，但今天的善后任务也在强者肩上。我说完，一跃而起，拉着陈青萍说：咱们走吧，这儿交给吴聊好啦。go go go。

背后传来吴聊的声音：操蛋，事儿怎么都这么操蛋。

就这么操蛋，怎么着吧。我躺在出租车的后座儿上，身旁是陈青萍，而她的手就放在我两个大腿根儿之间。这可不是我不君子，而是她主动的，不能赖我吧。就这么操蛋，怎么着吧。

对于陈青萍的此举，我既毫无防备又感到极端坦然，甚至认为自己早已看出她是预谋依旧的了。我仿佛回到了几年前。而陈青萍的目的不正是重构几年前的格局么？既然她有此意，那就让我们该做点儿什么，就做点儿什么吧，这一直就与君子协定没有冲突，只要我不对陈青萍说我爱你就可以——我又把手插到了她的屁股底下。

在我的配合下，陈青萍的脸又恢复了满足而高深莫测的神态，她作不无遗憾状说：想不到肖潇会变成这样。

他也许是最接受不了现实的吧。我说：他以为你会在离婚回国之后，在我们三个人之中的某一个那儿找回真爱呢，而他自认是最能提供 pure love 的一个。

这是多么荒唐的想法。陈青萍又耸着肩膀说：有些人我是永远也理解不了。

有些人我也永远理解不了，比如说陈青萍。但那千篇一律的生理构造却值得反复研究，我干脆把手插进了她的裙子里，同时问她：这回跟你结婚的那位是什么人啊？

还是美国人，美国老头子。陈青萍格格笑了：而且还是你们最反感的那种外国老头子——一个海外汉学家。

我们什么时候反感过海外汉学家？你这个论调真奇怪。我故意皱起眉头来说：那老头儿是谁啊？长得有你第一个体面么？

肉体上肯定是平庸之辈，即便是白种老人，你也不能指望他们个个儿都像肖恩·康纳利。不过这个倒与前总统里根有共通之处。

那不挺好的，里根以前也是好莱坞——

我说是轻度老年痴呆症，目前还有越来越严重的趋势。我还真得赶紧把婚结了，要不等哪天人老人家忘了我是谁了不全抓瞎了。

准备什么时候结？

就这俩月了,反正他也在北京。他是我前夫那个系的系主任,名字咱们上学那会儿就听说过——尉迟敬德。

如雷贯耳。明清色情小说研究那学霸是吧?比你前夫强多了,恭喜你在学术上更上一层楼。不过老人家要是真傻了,傻到哺乳动物怎么交配都忘了的话,他的研究资料不就全都得烦劳你掌管了?

我在美国已经给他做了一年半的助手了,为了学术牺牲牺牲也值得。

我们一起在后座上哈哈大笑。我望着车窗外缓缓掠过的灯火,清华大学外的那些酒吧正是热闹的时候,文质彬彬的大学生们像我们当年一样进进出出,固守或追逐着那些身穿毛料裙子和棉布衬衫的姑娘们,还有一些不三不四的女青年,头发五彩斑斓,皮鞋又尖又长,成群结队旁若无人地沿着便道旁的栏杆走过,到某个偏僻的小巷去执行任务。这时车在我住处附近慢了下去,我对司机说:一直往前走。陈青萍随即给他指出了通到她家的那条岔路。我侧脸看了看她,她的大眼睛像忘了关上的车灯一样亮着,能量充足,连晃都不晃一下。

陈青萍的住处是一幢新建的高层住宅楼里的两居室,可能是她回国之前托亲戚帮她买下的。她在楼下给我指了指八层上的那个阳台,屋里黑着灯。我明知故问道:尉迟先生不住这儿?

他住在学校的宾馆,也不知道我有这套房子。她扶着我坐电梯上了楼,打开门进去。房间里家具摆设还不多,但已经让小时工收拾干净了。我打开冰箱,拿了听可乐坐到沙发上,让自己醒醒神。陈青萍问我:眼睛要不要敷药?我说不必,同时盯住了她的眼睛,端详许久。

有什么异样么?她亮闪闪地问我。

你没觉得异样么——我是说,你怎么到现在还不眨眼,游戏都已经结束了呀。

是么?她歪歪脑袋,这儿看看那儿看看:我给忘了。不过也奇怪,我一点也不觉得累,挺自然的。

那就自然着吧。我点上颗烟,把烟灰弹进可乐空罐里:刻意眨眼那就是挤眉弄眼或结膜炎了。

她坐了坐,转身去洗手间放水了。我又拿了听可乐,把它按在眼上敷着,一阵冰凉侵入眼帘。我需要认清现在的形式,也需要明确自己当下的任务——勃起。还好,虽然挨了揍,可是我还能。我唯一百折不挠的东西就是阳具而已,我明白,它的精神是迟早会感动生活,赢得回报的。而面对回报,我更不需要想太多,生活的惩罚与回报什么时候有过理由呢?在某些场合,我们只需要用龟头思考,对某些事情,又何必经过大脑?我蹑手蹑脚地走到洗手间门口,隔过毛玻璃用一只眼睛勾勒了一下灯光与水雾中的身体曲线——还是那么跌宕起伏,峰回路转。我还闻到了热水与泡沫从大块人肉上蒸腾出来的香气:扑面而来,浓郁得让人头晕。而不管眨不眨眼,视觉总是揭开序幕或底牌的最直接的感官形式,没有正式看到的东西都只是隐喻:我大大方方地拧开了洗手间的门,而她也确实大大方方地没有上锁。

坚持住坚持住，就两步了，考验你肱二头肌的时候到了。

这些年来功夫从来没荒废过，起码比起老年白种人还具有一定优势。我绷着劲儿横抱着陈青萍往床的方向走去，憋着气说。

这些年来也没少抱过异性吧？她的眼睛又大又圆地说，如果不看嘴部完全不会觉出她在笑。

那也不是为了重大赛事热身么。我说：我不能丢中国人的脸啊。

算了吧你。偷情就是偷情，纯文学一点儿好么？别老跟狭隘的民族主义纠缠在一起。

对对对，还是单纯一点好，我也觉得以两个基本退役的美国老将为假想敌并不光荣。

话里带刺儿——你怎么老这样？纯粹一点儿行么？她勾住我的肩膀笑道。

哎你发现没有，你今天添了些许舞台剧演员的风采？

你又想说什么了？她被我轻轻放在床上，

拧开床头灯：我承认我今天对你们几个表现得有点儿虚伪，最后还把戏演砸了，但我有什么办法，有些事挑明了没意思，但又不得不挑明吧？

不不不我说的不是这个，我看着被灯光染上一层红晕的各个组织器官，激动得喉咙直哆嗦：我是说，你的眼睛——笑起来都瞪得滴溜圆。

是么？她奇道：我没感觉啊，我还没有眨过眼么？

我盯住她的眼睛，她也盯住我。那双眼睛好像两个深不见底，轻易就能把我囫囵吞下去的井口。我忽然有点心慌了，从脚下往上轻轻打了个寒战。确实是这样，就跟眼皮底下拿钢丝撑上似的，格外大格外圆——你在美国没做过什么手术吧？

没有啊，确实没有。她说：是不是玩儿那游戏的时候，玩儿出了点儿小岔子，搞得神经有点紊乱，暂时丧失眨眼的功能了？

有可能。你不是说怕眨眼么？这下不用怕

了吧,时间不会弹指一挥间了,祝你青春永驻,小姐——你眼睛不觉得干么?

不觉得,可能液体分泌比较旺盛吧?

是么?有原来那么旺盛么?我手向下摸去,她的身子缓慢地呈麻花状扭动起来,但目光依然炯炯,如同冷酷地审视着我。我强迫自己不去看她的眼睛,而只专注于身体,但这无疑是一个莫大的遗憾:纯肉体的、外科手术式的性生活每每无法欢畅。我知道不应该和陈青萍谈爱情,但这一点也是事实。于是我又探起头来,凑近脸去吻她。

但这样一来,那双眼睛简直就显得恐怖了。它们在我眼前奇大无比,绷足了劲儿一动不动,充满威慑感,如同某些蝴蝶翼上用以自卫的大花纹。我不禁闭上了眼睛,但随即感到别扭,问她:

你怎么还睁着眼睛?我从来没见过一个女性睁着眼接吻的。

这是一个男性中心主义的观点。她搂住我的肩膀说:也好也好,我闭上。

我又把脸凑上去,咬着她的嘴唇,慢慢睁开眼,但却再次看见了那双瞪圆的眼睛:纹丝不动,极近地与我对峙着。

我说:你不是说闭了么,怎么还睁着——不是我事儿多——

不对不对。她的声音也有点慌张了,急促地说:我不是不想闭,而是我闭不上了——眼皮怎么不听使唤了?

还有这等事?我只听说过先烈们死不瞑目——我说着向她眼睛吹了口气:再试一下。

她抿着嘴,皱着眉头,显然在用着力。过了几秒钟,太阳穴都抽动了起来,最后却还是说:不行,真怪了,怎么就闭不上了呢?

怎么会闭不上呢?我用胳膊肘把上半身撑起来,轻轻勾勒了一下她眼皮的轮廓,研究了一会儿。那是一双标准的善睐明眸,黑白分明,线条清晰,妩媚灵巧,善于表达感情或激发别人的感情,关键是,构造上毫无异常之处可言。

你放松一下,放松一下,用平和的心态,轻轻闭上眼睛,不要太用力,心里想着蓝天白云炊烟袅袅母亲在招呼孩子回家吃饭——对，别太紧张，像个了无牵挂的老人一样试着闭一下眼。我双手在她眼前比划着，形同催眠，引导着她。陈青萍面部的肌肉缓缓松弛下来，垂在额头的湿漉漉的头发也显得无力了。但她悠长地深呼吸了两口之后，又紧张起来，嘴角紧绷地说：不行，还是不行，这眼睛好像不是我的了。

怎么会不是你的，你不是还看得见东西么——这是几？我竖起中指问她。

fuck you——你别闹了。我能看见东西但我确实又控制不了它们了。

我又俯下去，盯着她的眼睛仔细看。那两个美丽的玻璃球岿然不动，一转不转，和我对视着。我想让目光逐渐深入到它们的内部去，但马上又被一层无形的薄膜状物体拒之门外了。她说得对，这双眼睛确乎不再属于她了，而仅仅是租用了她头骨上的两个深坑而已。它们就分据一头，各行其是。

怎么办呢？我闭不上眼睛了。陈青萍的

声音里滑出了一丝悲伤：怎么搞的？这是怎么搞的？

没关系，没关系，别着急慢慢来。我把手指向下移，蹭了蹭她的嘴唇，让她稳定下来：咱们试一下别的方法好不好？你看，我用手把你的眼睛合上，轻轻地，然后你只要保持着不睁开就可以了。

行，行，你合吧。她略微仰起脸说。我像处理同志的遗体一样把手掌从她额头上抹下来，合上了她的眼皮。但手一拿开，露出的还是两只硕大的圆眼睛。

不行不行，还是不行。她急躁了，手挠着床单。

别这样好不好，陈青萍同志？我也有些烦了，就点了颗烟：我觉得你好像在跟我开玩笑呢，你是不是逗我——

狗屁！我有那么无聊么？只有你们几个才会无聊到玩儿什么不准眨眼的游戏。她勃然大怒，一下子滚起来，披头散发，气势汹汹。

我立刻又谄媚了：别别别生气好么？我心

爱的女郎，请原谅我这黑奴的鲁莽——我其实不是那个意思，只不过是想换个办法，给你点儿心理暗示，帮你自我调节一下——

好了别说了。陈青萍又躺下去，直愣愣地听任眼睛们看着屋顶：但现在怎么办呢？还是不行啊，我忽然觉得特别可怕了，你不觉得可怕么？试想一个人闭不上眼了——

别害怕。我又鼓起精神来：那让我们再试一下好么？这次我捏住你的眼皮，捏的时间长一点，帮它们固定在关闭的状态下，而你只需要放松，放松就行。我说着就那样做了，她很配合，眼皮轻而易举地被捏上，并没有丝毫阻力。

怎么样？我说：闭上了吧？重新回到黑暗之中，是否心中充满了光明？

行，行。她说：我觉得行了，把我放开吧。

我刚一松开手，那双眼睛就像安了弹簧一样啪的一声开启了，而且显得更加巨大，更加明亮，简直是凶光四射了。我们愣了一下神，沉默了几秒，都不知道说什么好了。

怎么会呢？不会有那么操蛋的事儿的。我又点上一颗烟，尽量不去看她的脸。我假装思索着研究着，但却已经对她的眼睛失去了耐心。我意识到，今晚的活动有点儿跑题了，我来这儿不是关心两只永不瞑目的眼睛的——虽然它们很奇怪，我也是一个业余生理学家，但这还是不属于我的研究领域。我只是个业余女性生理学家，不是中科院动物所那些感光生理学家。

于是我扭过头，看着陈青萍的胸脯说：我觉得你闭不上眼睛哈，完全是因为你现在太想闭眼了。你的注意力都在眼睛上了，越集中注意力，越欲速而不达，这个道理你也懂吧？

我懂。陈青萍像没听见一样机械地回答。

那就让我们干点儿别的什么吧。我说着把手放在了她的胸脯上：我是说，该干点儿嘛干点儿嘛吧，也就是——兴奋——疲倦——忘乎所以，它们就自然而然的好了？对不对？

她转过头来盯着我，片刻之后说：好吧。

于是我又把烟掐了，重新在通往主题的大

道上一往无前。陈青萍瞪着两只大圆眼睛，像盯住猎物的狸猫一样把我压在身下，叼住了我的嘴。眼睛太矍铄，太明亮了，让我不得不闭上了眼。当我们两个摸爬滚打，腾挪雀跃，我又把她压在身下之后，我还是闭着眼。这感觉不太好，让我感到不是在搞别人而是让别人搞，但我又不敢睁眼直视她的眼睛。直到热身活动做完，选手们走上跑道的时候，我才歉意地说：让我们关了灯吧。

你就那么怕看我的眼睛？

不不，我只是想回味多年前的那些夜晚——头顶上只有月光。我不由分说关了灯，紧接着便带着她起跑了。她上面的眼合不上，下面的眼也很容易打开，所以我们进入高速奔跑的状态很容易，配合也依然严丝合缝，毫不生疏。我们的头顶只有月光，我渐入佳境，忘我地挥汗如雨，呼吸越来越宏大，看到她也在全身心地奔跑着，被不可遏止的力量催动，御风而行。她的声音像歌声一样从胸膛深处飘上来，缠绵婉转，四下传开。但此时我却看到了不止一个月亮——三个,一个在窗外,两个在床上,不止是月亮,而是越来越耀眼,越来越灼热,简直是两部探照灯,把潜伏着的战士们都发现了,即将放出燃烧弹。

我吓得又立刻闭眼,躲避着她又深入着她,在欲进又退欲说还休中越陷越深,终于舍生忘死浑然不惧地被炸上了天空。

完事之后,我都没有再去吻她,而是背对着她躺着,点上了一颗烟。陈青萍喘息渐渐平息,从后面抱住了我的肩说:

别走了。

不走不走。我看着烟雾被照得像舞台效果一样明亮,说:我什么时候说我走了?这么晚了我去哪儿啊?

那就好。陈青萍贴着我说:我害怕。

你——好点儿了么?

和原来一样,闭不上眼。

没事儿,没事儿,一会困了睡一觉就好了。我也担心,如果她这样持续下去,又怎么睡觉呢?对于一个初次丧失闭眼能力的人,我们没法指望她像鱼类或者张飞那样安然睡去。但我也没办法,我觉得自己没力气也没必要考虑那么多了,便把手伸到背后搂着她:睡吧,睡吧,明儿就好了对吧?

对,对。她颤颤巍巍道。

我果然自己先被催了眠,轻轻睡去,梦见了汽车前灯、两个太阳或双筒猎枪追着我满街乱跑,不知过了多久,直到汽车关灯太阳陨落猎枪双管齐发,砰地一声,我才醒来。左眼疼得厉害,我勉强睁开右眼,看到陈青萍脸色煞白,端着瓶威士忌酒坐在床边。她转过头来,两眼庞大无比,几乎像遥远的外星朋友那样占据了整整半张脸,但却已经干涩,没有光辉了。

不行,她哽咽着,一句三颤地说:我还是闭不上眼,我睡不着。

我开了灯看看表,已经夜里三点了。

那也不要喝这么多酒。我夺下她的酒瓶子,那里面几乎没有酒了。我把剩下的就一口喝了,说:我操,这是怎么搞的。

我怎么知道!我就是睡不着!她猛跳起来,

对我尖利地吼叫，声音在黑夜里几乎震碎了玻璃：你说，你们为什么玩儿那个混蛋游戏？

好了好了。我按捺着情绪，把酒瓶扔到地毯上：我不也没问题么，只有你闭不上眼。

那我为什么闭不上为什么闭不上呢？她歇斯底里地跳着，扯着自己的头发，还试图用头撞墙。我把她拽到床上，按住她：那咱们就粗暴一点好不好？我说着跑到厨房，找了两个塑料夹子：

我们把它们夹上好不好？

她大口喘着气，也不反抗。我就用夹子一边一个，咔嚓咔嚓，把眼睛夹上了。

不管用！不管用！她猛地又叫嚣起来，没头没脑地乱抓乱打。我挨了两个嘴巴之后，重新把她按住：这个不管用咱们就用钉书器！

陈青萍悲伤地哀号起来。我看到她的两只眼睛又在一动一动，像两只即将破壳而出的小鸡那样锲而不舍，片刻之后，一边一个，咔嚓咔嚓，夹子居然被它们挣脱了，眼睛又露了出来，大得能装下一只拳头，昂然瞪着。

而她却安静下来，一句话也不说。我望着她，等了一会，刚要躺下，又听到她说：

太可怕啦。

怎么可怕啦？我说：不还是闭不上么？

不光是闭不上，确实太可怕啦。她紧紧攥住我的手，指甲几乎全抠进肉里：我感觉不到时间的流逝了。

什么？

我是说，时间在我眼前停住了。我看得见周围的东西，却看不见它们在动了。

那这是什么？我把手伸到她的眼前晃着。她回答说：是，我是看见了手，它像照相底片一样在我眼里出现了，一动不动。

我把手拿开，她说：手从底片上消失了。

完了。她接着说：我感觉不到时间在走了，我觉得我被封闭在一团琥珀里，一动也不动了。我周围的一切都是凝固的了。

我有些明白了。陈青萍不能眨眼，所以她的时间停止了，她失去了时间。这不是科学，但也许是人生中的道理。我可怜起她来，低下头亲了亲她的额头说：没事的，这只是你的感觉吧，你没听见钟表还在走么？

她说：钟表在走，但所有的嘀嗒声连在一起，没有间隔了。

那也没多大事儿，世界也该停止了。我说着，低头看她，却看到她的眼睛里有极深极小的一道光，越来越近，越来越多，不一会儿，眼睛湿润了，眼泪从眼眶里滚出来。一颗接一颗，最后像渐大的雨一样连成了线，涌过脸颊、嘴角、脖颈和胸脯，滚滚不止。不一会儿，她的半个身子和一片床单都湿透了。她为什么会流眼泪呢？

陈青萍解释说：我都有多少年没哭过了，似乎是从八岁那年起。他们都说我是个怪人。你觉得奇怪么？

那就是了，你在补偿没流过的眼泪啊，姑娘。你看，你都流了这么多眼泪了，流完了就好了，把该流而没流的眼泪流出来，你就可以正常地睡觉了。

于是陈青萍就一声不吭地流着眼泪。那里

面有疼痛的眼泪、难过的眼泪、丢了东西之后的眼泪、被人非难之后的眼泪，肯定还有爱情的眼泪，越到后来，爱情的眼泪就会越多。而一个人这么多年应该流多少眼泪呢？也许一个水缸也不能装下那些疼痛、委屈、欣喜和爱情。

我不断拍着她的肩膀说：姑娘，这就好了。

你叫我什么？

姑娘。

陈青萍忽然小声说：我爱你。

我想动一动，却被自己的身体粘住了。

小马，我爱你。她又说：那时候到现在都是。你对我最好了。

我也爱你，姑娘。我说。我们好像对这句话默契很久一样，静静地说。但我知道，我听到了一句曾经渴望过、一直没把握、现在又不能接受的话。我轻轻搂着她，看着眼泪们前仆后继，不流痕迹，但却想象着她与我非常遥远，咫尺天涯。这些年来，我也没有流过一滴眼泪，我成功地摆脱了感伤主义情绪，也习惯于在不断的贴身而过中寻找动态平衡了。归根结底，我和她曾经是一类人，归根结底，我们现在又是两类人了。虽然我还愿意搂着她，观赏那些眼泪，但仅限于看看——绝不呼应。

时间毕竟还在流动，因为眼泪没有停息。过了很久，陈青萍说：我好一点了。

是么？那就好。

但头晕得厉害，浑身都没劲儿。

现在你能闭上眼了么？

她试了试，又说：不能。

那我们还是找个医生看看吧。

不用了吧。她说。

还是看看吧，这样下去，也许会失明。我把她放好，站起来，给一家上门服务的私人诊所打了电话。

怎么这么晚了还打电话？一个中年妇女的声音没好气地说。

晚么？搁美国这是白天啊。我说。

那你干嘛不给美国医院打？

病人虽然处在美国时间，可却在中国得了病。

外宾啊？什么毛病？

闭不上眼了。

闭不上眼了？那可不好说，主要分两种，神经性的和精神性的，其区别您能分清楚吧？这是医学常识，当然神经性也会诱发精神性，精神性也会导致神经性——

您真专业——快点儿来好么？病人都快不行了。我说了地址：行行行，二十分钟以后我去接你一下，接不着您就直接上来好了，屋里也有人。

我回到床边，陈青萍已经背对着我躺着了，听到我的声音也不动。她也许是因为脱水晕过去了，也许是瞪着眼睡着了。我叫了她一声，还是没有应。我便又把手伸到那一面她的脸前晃了晃，也没有动静。她不会就此死了吧？这个念头让我一身冷汗，但下一个念头却在催我了。我慢慢穿好衣服，向门外走去。快到门口时，我又回头看了她一眼，此时她的声音却飘了过来：

小马，你去哪儿？

我去接一下医生，怕他找不到门儿。

你还回来么？

回来。我说着，又转身出了门。我匆匆走下楼梯，来到外面。正是黑夜最浓的时分，路灯成群结队，却分外孤独，大路上一辆车也没有，却清晰昭显着无数人的足迹。我点上一颗烟，也不选方向，飞快地沿着路走起来。陈青萍住的那幢楼离我越来越远，不过这一次是我把她抛在了身后，准备一个人走进变化无穷的黑夜，并等待着在某一个地点，时光突然停止。

营救麦克黄

1

与黄蔚妮的友谊,被颜小莉视为她来到北京之后最大的收获。

俩人初见,是在一家广告公司的面试上。当时颜小莉大学毕业已经半年,因而失业的历史也长达半年。她揣着一张不高不低的文凭,仰着一副不美不丑的面孔,给二十家多单位投过不薄不厚的简历,也接受过七八次不咸不淡的约谈，但结果总是不声不响的拒绝。都没下文了。怎么过上一份不穷不富的日子就有这样难？仅仅因为这里是北京吗？她为什么又偏偏非得留在北京呢？记得上学的时候，颜小莉对这地方也没什么好感啊，总是嫌这儿人多、吵，空气浑浊一年中有一半儿的时间出门要戴口罩。如今倒好像一个和丈夫并不恩爱的女人即将被逐出家门，却突然焕发出要做贞洁烈女的热情了。

公司招聘的是"行政管理"。接到面试通知的时候，颜小莉的打算是，这次再不成功，那就回西北老家去。有个表亲开了家制作亚克力的小工厂，附近两三个县的餐馆招牌都是他那儿出品：正宗清真、百年老店、老王家老蒯家老魏家，此外还有肥硕得失真的牛和鸡。回去替亲戚管管账，也算学有所用，反正北京的房租是实在支撑不下去了，方便面更是吃得她每天胃里直泛酸水。所以颜小莉走进位于亮马河的那栋玻璃外墙写字楼时，心情几乎是悲壮的，大义凛然的。

仅仅十几分钟后,这点儿气焰就被干净利索地扑灭了。人力资源部的主管通知面试者,职位要求做了临时调整,硕士起步,重点大学优先,关键是还要能说法语,因为将来要和法国总部过来的高层打交道。不符合这些条件的应聘者呢,也不是完全没有出路,前台刚刚空出一个岗位来,有兴趣的话可以去试试。

屋子里登时空了大半。行政管理变成前台,坐办公室的变成接客的,这何止是戏耍人,简直是存心侮辱人了。更何况,做前台还有一个无法逾越的条件限制,那就是性别。离开的大多是身穿廉价西服的男生,而颜小莉的身体刚刚抬起来两寸,却一转念,又落了下去。她朝人力总监举了举手,问前台的招聘在哪儿举行。一个是行政与前台的区别,一个是北京与陕西关中小县城的区别,两相权衡,当然是后一种区别的意义更加重大。别管干什么,留下就行。也许她们西北人还真是像北京人所评价的那样,有点儿"轴"。

五分钟之后,身穿格子衬衫和灰毛衣的颜

小莉坐在了隔壁那群香气逼人的大长腿、黑丝袜和硅胶胸垫中间。姑娘们看着颜小莉，一律是非我族类的眼神，身边的两个人还特地把屁股往一旁欠了欠，仿佛土里土气也是会传染的。这时颜小莉才意识到，刚才的决定可能又是一次失误，将要引发的是另外一种层面上的受辱。她忽然又觉得有点儿好笑：一个月薪四千块钱的工作，犯得着那么争奇斗艳吗？

但再想走却为时已晚，面试已经开始。每人轮番上去自我介绍，同时包括全方位的立体展示：举止、形体、化妆水平、普通话与港台腔英文单词的完美融合……轮到颜小莉时，她脑袋里一片杂乱的懵懂，耳朵嗡嗡作响，一句临场发挥的话也说不出来，最后只得面无表情地把简历念了一遍。别人一定都在窃笑，只盼着她把这个过场赶紧走完吧？颜小莉也希望如此。于是她加快了语速，却忙中出错地打了两个磕巴。

黄蔚妮就在这个时候走了进来，她大概刚开完了一个什么会，便走到这间屋里随便遛遛。颜小莉只觉得身边一亮，一条斑斓的丝巾从她的余光里滑了过去，丝巾上方是一张精致得像件瓷制工艺品的脸。有人欠身让座，黄蔚妮摆摆手把问好压了下去，就坐在了颜小莉身边的空椅子上，仿佛饶有兴致地看着她。刚好念完了，颜小莉吁了口气，脖子上挂着层汗，痴愣愣地往那道磨砂玻璃门走去。

"你是经贸大学毕业的？"黄蔚妮在身后问她。

颜小莉定身回头，像没听懂对方的话。

"行了行了。"黄蔚妮笑了，"出去等着吧。"

本想出门之后就直接去买火车票的，但人家却让她"等着"，颜小莉只好和其他姑娘们一起坐到走廊里。从磨砂玻璃门的另一侧，传来高高低低的人声，黄蔚妮的略显沙哑的嗓音间或从几个男人的声音之中跳出来，说了什么却听不清楚。十几分钟过后，人力资源部的人就推门出来了。那人扫视一圈，眼睛落在颜小莉身上：

"你跟我来。"

颜小莉就这样获得了她的第一份工作。不要说是公司里的别人，就连她本人都觉得匪夷所思。很快她就听说，自己之所以能留下，与黄蔚妮的意见有着直接关系。人力资源部本来倾向于另外一个女孩，黄蔚妮却插了嘴，说颜小莉"不错"。别人发表异议，指出颜小莉的气质太拘谨了，不适合跟陌生人打交道，黄蔚妮却说拘谨的人都认真，将来不会出差错。别人又说颜小莉的长相不符合公司的形象，黄蔚妮反问，难道公司的形象就是锥子脸和硬挤出来的乳沟吗？又有人挑剔说，颜小莉的口音不是很标准，前后鼻音分不清楚，黄蔚妮就甩着一嘴京片子说，你们刚来北京的时候，有谁的嘴是利索的？总之争了几句。按说黄蔚妮这个销售部副总插手人事上的事儿，是有点儿越俎代庖的，但她手里正盯着几个大单子，又是外国老板跟前的红人儿，并且区区一个前台，也不是什么要紧的职位，众人也就哈哈一笑，随了她的意。

进而又有嘴碎的人补充，以前那个前台就是个积极进取的大胸锥子脸，居然敢跟前来拜访黄蔚妮的男人打情骂俏，所以她这次力挺颜小莉，也是一朝被蛇咬的结果。

不管怎么样，在北京的茫茫人海里，在几乎走投无路的困境中，能有一个陌生人向你伸出援手，这是足以令人感激涕零的。况且援助颜小莉的黄蔚妮又是那样漂亮、干练、受人瞩目，于是那份感激里便不由自主地加进了崇拜的成分。人要有良心，要滴水之恩当涌泉相报，这个道理颜小莉是懂得的，尽管她也知道，自己的涌泉难以比得上黄蔚妮洒下来的一滴水。她能够做的，只有在一些小事情上尽力让黄蔚妮高兴。

每天早上，远远地看到黄蔚妮从电梯间拐出来，颜小莉都会走出前台，亲手为她拉开大门，而这是总经理一级的人物才享有的待遇。公司规定上班时间是不能接快递的，因此别人的东西送来了，颜小莉都会照章办事地挡回去，但只有黄蔚妮的，她会认真替她签收，下班的时候默默地递给她。颜小莉还总结出了黄蔚妮每周会有两天熬夜加班,于是次日早上,她就从楼下的星巴克买一杯拿铁,专门留给她。黄蔚妮是喝不惯那种加了过多的糖和奶的"办公室咖啡"的。

颜小莉不仅是公司的前台,还是黄蔚妮一个人的前台。其他同事提起前台的颜小莉时,也会半开玩笑半刻薄地说:"不就是黄蔚妮的那个碎催嘛。"对于这个称号,颜小莉是坦然接受的。公司的重要人物中,有几个没有他们的"自己人"呢?总经理的自己人是办公室主任,财务总监的自己人是会计部的一个出纳,黄蔚妮的自己人就是她颜小莉。她甚至以此为荣。

更让颜小莉感动的是,黄蔚妮也有把她当成自己人的意思。最初是每天上下班碰面时,黄蔚妮会特地朝前台这边颔一下首,露出大而化之却又独具慧眼的微笑。渐渐的,当午饭没有应酬的时候,黄蔚妮就会招呼上颜小莉,一起到楼下的咖啡厅吃套餐,刷她的管理层福利卡。再后来,黄蔚妮周末还会叫颜小莉一起去逛街,带颜小莉见识了许多她敢看不敢试的大牌。

在交往中,颜小莉发现黄蔚妮也爱讲八卦、开无聊玩笑、看低智商的电影,而且尤其热衷于说前男友的坏话。"我第几个前任来着——"那些"可以公开的秘密"总是这样开头,然后就是罄竹难书的罪恶:小气,切牛排的动作像个木匠,号称"最爱阿什肯纳齐演绎的肖邦"手机里装的却全是凤凰传奇,吃饭吧唧嘴……在黄蔚妮的率先垂范之下,颜小莉也只得声讨起了自己的唯一一个前男友,但却没法儿告诉黄蔚妮,他们分手仅仅是因为那男孩儿找到的工作在南京,而他负担不起每周见面的高铁车票。

"你们到底为什么掰了?"

"他也吧唧嘴……"颜小莉像交差似的说。

黄蔚妮登时同仇敌忾地亢奋起来:"吧唧嘴太恶心了,谁都受不了,对不对?"

颜小莉跟着黄蔚妮大笑,好像她们能共同

从吧唧嘴的臭男人那里虎口脱险,是一件惊险而值得庆幸的事情。有了这些琐碎的小愉悦,颜小莉也感到黄蔚妮这个人陡然真实了许多。黄蔚妮不仅是她的贵人,而且称得上是她的闺蜜了吧?假如颜小莉一定要高攀的话。

颜小莉还会不自觉地想:如果她也能活成黄蔚妮那样,该有多么美好啊。这个愿望,大概可以成为颜小莉留在北京之后的奋斗目标。

因此,当黄蔚妮突然找到颜小莉,动员她也来加入那支"救狗特攻队"时,颜小莉责无旁贷地答应了。

2

黄蔚妮的原话是这么说的:"明天敢不敢跟我去趟昌平?"

当时是周五下午,颜小莉正在整理本周的访客单,准备交到上司那里去备案,而黄蔚妮突然出现,把一条纤瘦的胳膊架在了前台桌面上。听到对方这样问,颜小莉的答复是条件反射的"没问题,蔚妮姐",然后才生出一点疑惑来。黄蔚妮并不喜欢郊游踏青,她消磨周末的地方,基本上不是"丽都"就是三里屯,怎么突然想起要去昌平了?昌平本身倒没什么,也是北京不可分割的一部分嘛,颜小莉租住的房子还在大兴呢。但黄蔚妮干嘛偏偏又要加上一个"敢不敢"呢?

再回想一下,这两天的黄蔚妮的确有点异样。她在公司里仍然衣着鲜亮、处事干练,风风火火地和各路人等打着交道,但只要一闲下来,却往往会不由自主地出神发呆,两眼盯着空气中某个抽象的点,也不知道在想些什么。黄蔚妮仿佛陷入了一种引而不发的焦虑之中,别人没有发现,可颜小莉是看在眼里的。然而看在眼里却也不能主动关切,万一人家根本不打算跟她分享心事呢?那么说深了说浅了都不合适。在黄蔚妮和颜小莉的友谊中,主导权在谁手里是很明确的,被主导的那一方只有逢迎与配合的份儿。

而现在,既然黄蔚妮主动提出了邀请,颜

小莉便可以追加一句了:"咱们到那儿去干嘛?"

黄蔚妮哑着嗓子说:"麦克黄丢了,我得去救它。"

颜小莉像警报一样叫了出来:"这么大的事儿您怎么不早说?"

麦克黄是一条六岁大的拉布拉多犬,雄性,毛色黄白相间,身高六十公分,体重二十七公斤。一般的狗类就像明治时期以前的日本人,是只有名字而没有姓氏的,乡下的就叫大黑二黑,城里的就叫妞妞皮皮,但麦克黄不同,它有名也有姓。它的名字是麦克,姓氏则随了黄蔚妮,并且姓和名的排列顺序符合西方惯例。仅从这一点就可以看出,黄蔚妮对于这只狗养得有多么上心。在颜小莉的记忆中,黄蔚妮聊天时提起"她们家麦克黄"频率,甚至超过了她的任何一位前男友:

"我们家麦克黄不认识玻璃,每天都会在阳台门口撞两次头。"

"我们家麦克黄饱受左邻右舍的母狗青睐,但至今还是一个守身如玉的处男。"

"我们家麦克黄曾经获得社区叼飞盘大赛亚军,奖品是一只挂着铃铛的红项圈。"

谈起前男友的黄蔚妮是刻薄的,甚至是有点儿狠毒的,但谈起麦克黄的黄蔚妮就像拉布拉多犬一样"傻傻的很可爱"。并且爱屋及乌,她一发对所有的犬科动物都焕发出了似水柔情。就算公司里的事情忙得不可开交,但黄蔚妮仍然参加了一个以爱狗为主题的公益协会,那些人通过网络联系,定期去宠物医院给小狗义务看病、洗澡,为动物救助站里的流浪狗捐款,还眼泪汪汪地包场观看《忠犬八公》、《我和马利》之类的电影。

"你要知道,在这个世界上,大部分的狗狗都生活在水深火热之中呢。"在露天咖啡馆的遮阳伞下,黄蔚妮认真地对蹲在一旁仰望着她的麦克黄说。

"所以麦克黄,你要珍惜现在的幸福生活,不要再把皮沙发给抓破了。"颜小莉附和道。同时她想,在这个世界上,大部分的人还都生活在水深火热之中呢。比如她自己,倒是也想找只皮沙发来抓一抓呢，可是抓破了赔得起吗？

然而上个周末，过惯了幸福生活、连抓破皮沙发也不会受到责备的麦克黄，丢了。

丢失的过程也很简单，黄蔚妮正带着麦克黄在一楼阳台外的自家小院里玩儿，屋里的电话突然响了，她独自跑进去接，等到一个电话打完再出来，麦克黄就不见了。刚开始，黄蔚妮倒也不是很着急，因为类似的情况以前是发生过的，麦克黄很可能是被小区里孩子踢足球吸引，或者干脆看上了谁家母狗，就狗急跳墙地跃过了篱笆。而它在外面遛上一圈儿，很快又会准确无误地找到家门。要知道，拉布拉多虽然长相憨厚，却是狗里面智商最高的，就连当导盲犬都可以胜任。但这一次，黄蔚妮等了半个小时，一个小时，麦克黄却仍然不见踪影。她这才慌了，没换睡衣就跑出去寻找，保安、邻居、小区门口收废品的人都问过了，可却没人能够提供一点儿线索。麦克黄在黄蔚妮的眼皮子底下人间蒸发了。

可想而知，这几天的黄蔚妮该有多么伤感，多么魂不守舍，但她还不能在人前表现出来。公司的一个项目正进行到关键阶段，作为销售环节的主要负责人，如果因为一条狗而耽误了工作，那造成的影响可就太恶劣了。就这么有苦难言地隐忍着，张贴出去的寻狗启事无人回应，接到报案的派出所也明确表示这事儿不大可能认真去管——人丢了还找不过来呢，更遑论狗？黄蔚妮几乎要崩溃了。直到昨天，她才收获了一点儿希望。在爱狗协会里的一个朋友告诉她，刚刚得到"线报"，一批近期被盗的宠物犬正准备运往河北。据推测，麦克黄很可能就在其中。

"好好儿的待在小区里，怎么就丢了呢？而且任何人都没发现，明显是被狗贼喂了酒馒头，装进麻袋背出去了。那些家伙惯用这一招的。"那位朋友条理清晰地推断，"干这种勾当的人多数都有上线，就是收狗卖狗的狗贩子。我专门替你查过了，这些天里准备出货的狗贩子，只有老巢在昌平区的那一家。"

"如果是拉到宠物市场上去卖,那倒还好,假如狗贩子的下家是外地的狗肉馆呢?那可就……"另一位朋友不甘落后地分析道。

说得黄蔚妮一会儿心存侥幸,一会儿魂飞魄散。这时她就不是八面玲珑的销售部副总了,而是变回了一个六神无主的弱女子。最后,两位朋友一齐建议,发动协会的力量,大家一起到路上把运狗的卡车拦下来。劫法场,取生辰纲,营救麦克黄。

听到这里,颜小莉却有了疑问:"您那些朋友既然消息那么灵通,都弄清楚狗有可能在谁手里了,那为什么不直接联系一下狗贩子,把麦克黄要回来呢?大不了花钱买也行啊,反正对方偷狗不也为了挣钱吗?而钱对于你来说又是……"

"咳,你想得也太天真了,现在已经不是钱的事儿了。"黄蔚妮当初一定是问过类似问题的,这时却用朋友们那种无所不知的口气教育起颜小莉来了,"狗贩子是从来不敢把偷来的狗卖回给本主儿的，因为那样一来，不就等于承认了自己的偷窃行为了吗？要知道，几乎所有狗主丢了狗之后，都会去派出所报案，而几乎所有被盗狗的价值都远远超过了刑事立案标准。那些人贼得很，才不敢冒这种风险呢。"

"原来是这样……"颜小莉嘟囔了一句，眼睛往下垂了一垂。

黄蔚妮发现颜小莉目光游移，立刻不满地问道："喂，你该不是怕了吧？我可是把你当朋友，才找你陪我的。"

说实话，此时颜小莉的确是有几分犹豫的。她在网上看见过类似的报道：北京的爱狗人士联合起来，截下运狗的卡车，强行将狗们放生，使它们免于遭受变成狗肉全席的命运。对于这种英勇行为，网民的评价分成两个极端，支持者热烈拥护，认为狗是人类的家庭成员，吃狗就相当于吃你的父母亲人；反对者嗤之以鼻，说这纯属是穷极无聊发神经，你那么喜欢狗，干脆跟狗过日子去好啦，还要父母亲人有个屁用。也不知为何，两派都爱把狗和父母亲人扯上关系。而相关政府部门的口径，则是公事公办地奉劝爱狗人士保持理智，不要行为过激，并且警告说，危害道路交通是犯法的。颜小莉为黄蔚妮收快递买咖啡拎购物袋都没问题，反正她有的是时间和力气，但涉及"犯法"这两个字，她一个外地人就必须得掂量掂量了。黄蔚妮在北京有房子有高薪家里还有各种各样的社会关系，因此也就有了一股子对什么都"浑不吝"的劲头，仿佛捅出天大的篓子也兜得住。而颜小莉呢？她可是坐公交让人摸了大腿都不敢喊抓流氓的。

但黄蔚妮的要求，颜小莉又怎么能不答应呢？人家黄蔚妮都已经皓齿红唇地把她"当朋友"了啊。再说没有黄蔚妮，她能留在北京吗，能在外企前台的位置上站稳吗？

因此，颜小莉吁了一口气，模仿着黄蔚妮的北京人的腔调说："瞧您说的，我怕谁啊？这么刺激的事儿，平时还碰不着呢。"

3

直到第二天早上出门,颜小莉心里仍然砰砰打鼓。因为睡不踏实,反而醒得早,连昨天晚上设好的闹钟都没用上。她不到七点就坐上了地铁四号线,换乘倒车,一个小时后到达了国贸附近黄蔚妮家楼下。又等了十来分钟,黄蔚妮便开着她那辆雷克萨斯从地库里上来了。她拉开车门,递给颜小莉一块用保鲜膜包好的金枪鱼三明治。

周六早上不堵车,四环路空荡得铺张浪费。一路上,黄蔚妮都没怎么说话,眼睛倒是空洞地撑大了一圈儿,连太阳穴上的青筋都绷出来了。按照颜小莉的经验,每当黄蔚妮紧张的时候,都会是这种神色。而她这个陪同者所能做的,也只能是不多说多问,埋头吃自己的三明治就好。没一会儿,车子开到城北的一条国道入口附近,黄蔚妮却放慢了速度,将车靠到路边的应急车道上。颜小莉恰好吞下了最后一口动物蛋白和谷物纤维的混合物,这才抬起头来,瞥见路边已经排着五六辆车了。

颜小莉以前从未见过黄蔚妮在单位圈子以外的熟人。因此,当她跟随黄蔚妮下车走向其他人的时候,心情还有那么一点儿小忐忑和小自豪。路边的车有丰田大众,也有宝马奥迪,高高矮矮赤橙黄绿,好像在少见的蓝天底下挂了一串彩色灯笼。开车的人大多站在路面上,有男有女,岁数都挺年轻,面相最老的也不过三十五六岁。他们三三两两地聊着天,看见黄蔚妮,纷纷扬手和她打招呼。

黄蔚妮对大家敷衍了几个微笑,径直走到一辆奥迪车旁,和靠在后备箱上抽烟的男人聊起来。那人长得高、壮且皮肤细嫩,头顶氤氲着腾腾热气,又穿着一件米黄色的条绒休闲西装,因而看起来很像一只刚烤出炉的大号金砖面包。听黄蔚妮介绍,他叫尹珂东,在一家"级别相当高"的日报社当社会新闻部主任,关于麦克黄的线索,正是他提供的。

而尹珂东只对颜小莉略一点头，就把她像一篇通稿一样放了过去，然后两眼主题鲜明、立场坚定地继续锁住黄蔚妮。他还极具新闻敏感性地观察到黄蔚妮"这两天又没睡好"，看来"真是落下心病了"。

继而笔锋一转："你别担心，我已经让手下的记者打听清楚了，再过大约十五分钟，那辆卡车会从小汤山出发奔河北，咱们从这条路追过去，肯定能堵住他们……"

黄蔚妮打断他的喋喋不休："徐耀斌怎么还没来啊？都这个点儿了。"

尹珂东有点儿不自在地顿了顿，就势使了个皮里阳秋的笔法："人家是大忙人，这点儿小事未必放在心上。"

正说着，便有一辆橘红色的保时捷跑车轰鸣着，缓缓插进了车队中间，登时成了五彩灯笼之中最耀眼的那一枚。车窗摇下来，露出一个戴墨镜的黑瘦子，喊了一声："蔚妮！"如果说尹珂东像刚烤出炉的面包，那么这人就像一根炸过头的油条了。

黄蔚妮娉婷地走过去，纤细的手指像弹钢琴似的敲击着保时捷车顶："又换车了？"

"还没上牌儿就被你征用了。"那瘦子大概就是刚才说的徐耀斌了，他抬抬墨镜，向一旁的尹珂东打了个轻佻的招呼，又问黄蔚妮，"干脆坐我这辆吧？"

"你开车太猛，我怕得慌。"黄蔚妮指指颜小莉，"再说我的车也不能搁这儿啊，这位小朋友又不会开。"

颜小莉当真像小朋友一样吐了吐舌头，似乎是为连累了黄蔚妮不能乘坐保时捷而表示歉意。而这时，尹珂东已经露出了十二分的不耐烦："咱们是来救狗的，又不是来看车的，再不走就赶不上趟儿啦。"说完钻进他那辆奥迪，嘭地关上车门。

车队齐整地出发，在路上都打着双闪，如果被路人看到，多半会以为谁家正在办婚事。领头的是尹珂东那辆奥迪，徐耀斌的保时捷则在其他车之间来回穿插，既显摆车，又显摆车技。他还屡屡蹿到黄蔚妮的车前，做出类似于牲口甩尾巴的动作，有两次因为车距太近，吓得颜小莉哇的一声。而一直紧绷着脸的黄蔚妮却终于有了些许笑意，她翘起嘴角，好像在纵容这男人胡闹。

片刻，黄蔚妮的电话响了，徐耀斌的声音传出来："尹珂东给我打电话了。"

"他跟你叨叨什么了？"

"让我安全驾驶，别瞎折腾。这人怎么跟个学校里的团委书记似的？"

"那你就开稳当点儿呗。人家说得对你就得听。"

徐耀斌"切"了一声："成，那我听你的。"

他挂了电话，保时捷却嗡的一声吼叫，声势浩大地从黄蔚妮的车旁超了过去，转眼开到了尹珂东的奥迪车旁，一打方向，别得奥迪车惊慌地往右一偏，看起来像打了个趔趄。接着，尹珂东气急败坏地连声按起了喇叭，而徐耀斌却又跑到了黄蔚妮的一侧，透过车窗做了个"v"字形的手势。

黄蔚妮故意不搭理他，但嘴角翘得更高

了。这时候，就连颜小莉也看出了她和尹珂东、徐耀斌的关系，于是把话题引到了黄蔚妮爱听的路子上：

"蔚妮姐，你还是劝劝他们吧，别为了你真闹出车祸来。"

"我哪儿管得住他们啊。"黄蔚妮真真假假地叹口气，心情也终于舒展得能聊起前男友了，"就跟我不知第几个前任似的……有一次真跟人家打起来了。说起来都是三十多的人了，怎么那么幼稚。"

"这位徐……大哥是自己开公司的吧？"

"他？就一无业游民。"黄蔚妮说，"不过他们家是做房地产的,在北五环弄了个楼盘。"

正说着，黄蔚妮的电话又响了，这次是尹珂东。对于这个男人，黄蔚妮便拿出了安抚的语气："别生小徐的气啦，他那点儿小孩儿脾气你还不知道？大家都是朋友，都是来给我帮忙的……"

"我才懒得跟他一般见识。"尹珂东鼻子里哼了一声，"我是想提醒你,刚才我们那儿的记者打电话了,那辆卡车马上就要从下一个入口开上来了。一会儿行动的时候,你在后面跟着好了,千万要保持车距,别往前赶,那太危险。"

"谢谢啦,还是你细心——"黄蔚妮的上半句还在润物细无声,下半句却变成了尖叫,"别说了别说了,是不是那辆车!"

果然,道路右侧的匝道上,正有一辆车斗上加装了巨大铁笼子的卡车缓缓驶入。在北京的郊区,人们经常能够看到这样的卡车,车上往往载着几头牛、十几头猪或者几百只鸡、鸭、鹅——如同上法场之前还要游一游街,只可惜动物们喊不出"若干年后又是一只好牛(猪鸡鸭鹅)"之类的豪言壮语。而这辆车的铁笼子里关着的全是狗。大大小小几十条,其中最多的是硕大的"金毛"和"哈士奇",间或还有"古牧"和"牛头梗"这种少见的品种。狗们一律垂头丧气地耷拉着尾巴,还有的把脑袋伸出笼外,瞪着乌溜溜的眼睛,茫然地与后车的车灯对视。

颜小莉也情不自禁地喊起来:"快,快,截住它!"

话音未落,徐耀斌的保时捷已经伴随着更加浩大的轰鸣冲了出去。八气缸涡轮增压发动机可真不是吃素的,一眨眼的功夫,就窜到了卡车正前方几米远的地方,接着一个急刹车,逼得卡车咯吱一声停下。铁笼里的狗们被惯性拉扯得东倒西歪,挤成一团,但却没有一只张嘴叫出声来,好像奥斯维辛集中营里的囚犯,早已被折磨得纯然麻木了。

卡车司机是个二十多岁的小伙子,鼓鼓的圆脸,又剃了一个厚厚的锅盖头,看起来倒像农村年画上的胖娃娃。然而因为风吹日晒的缘故,这个胖娃娃的颜色斑驳杂乱,脖子上更是黑一道白一道的,尽是被汗水冲刷的泥印子。他从车窗里探出半个身子,操着一副破锣嗓子喊:

"你怎么开车呢你?"

徐耀斌已经从保时捷里跳了出来,缓缓地走向卡车。很显然,他还陶醉于刚才那记干净漂亮的拦截，因而一举一动都像美国电影里的硬汉一样注重造型。这条一米六五的硬汉摘下墨镜，挥舞着芦柴棒一般的瘦胳膊宣告："我们拦下你，为的是你车上那些狗。"

"狗招你惹你了？"胖小子问。

"这句话应该我问你才对：狗招你惹你了？"徐耀斌反问，"你们凭什么抓它们、卖它们、吃它们？"

"我又没抓没卖没吃，我就是个开车的。"

"开车也不行，拦的就是你这辆运狗的车。"

而两人对话之间，尹珂东已经率领随即跟上来的其他汽车摆好了阵势。他的奥迪和徐耀斌的保时捷并排，堵在了卡车的正前方；左右两侧各有一辆轿车和一辆 SUV 把守；黄蔚妮的雷克萨斯和一辆大众旅行车则紧紧贴在卡车的屁股后面，为的是防止卡车司机突然倒车逃跑。这个战术，想必是尹珂东事先交代好的。

接着，一辆轿车按起了喇叭，其他车辆立刻呼应。频率各异但一律高亢有力的鸣叫声在公路上空回荡，向茫然失措的胖小子施加压力。救狗别动队的成员们还纷纷摇下了车窗，呼喊起了口号：

"放了那些狗！"

"狗狗是人类的朋友，狗狗是人类的亲人！"

"虐待动物没人性！"

在车声和人声的交错之下，狗们也仿佛蓦然惊醒，争先恐后地哀号起来。大狗嘈嘈如急雨，小狗切切如私语，公狗要撒尿母狗也要撒尿，便有几股腥臊的黄水顺着卡车斗的凹痕和缝隙渗透出来了。

黄蔚妮一边拼命按着喇叭，一边招呼颜小莉："你帮我看看，麦克黄到底在不在这辆车上？"

颜小莉便瞪大了眼睛，在铁笼子里搜寻起来。然而狗们堆积在一起乱挤乱撞，就连哪只爪子是谁的也分不清，看得眼睛都酸了，也看不出个所以然来。而这时，尹珂东和几个性急的男司机已经跳出车来，冲到卡车车斗下方，试图把那只铁笼子的栅栏门拽开来了。尹珂东干得尤其积极，又高又壮的一具身子挂在拇指粗的钢筋上来回打摽悠。

胖小子急得连声喊:"讲不讲理呀?没跟你们说我就是个开车的吗?有什么话找我们老板说去。"

"没那工夫!谁知道这些狗被你们运到外地是死是活。"

也许是占了场面上的优势,救狗的人们便过于托大了。他们只顾着对付笼子,却没想到这么一个束手无策的胖小子被逼急了也会犯混。卡车突然重新发动,一阵颤抖,屁股喷出了两股黑烟,紧接着就往斜刺里蹿了出去。这个情急之下的举动造成了两个后果,一是把试图攀上车斗的尹珂东甩了下来,一屁股坐在柏油地上,二是卡车车头把徐耀斌那辆保时捷的后视镜刮得粉碎。也怪尹向东和徐耀斌停车时没把路堵死,给对方留出了两米多的空间,胖小子就开着车,咣咣当当地绝尘而去了。

两个男人同时大喊大叫,一个是屁股疼,一个是心疼。随之而来的,是巨大的愤怒:不止嘴硬,还敢逃跑?不止虐待狗,还敢伤人伤车？他知不知道到医院拍一张尾椎骨的核磁共振要花多少钱？知不知道保时捷换一块的后视镜要花多少钱？关键是，这种顽抗到底铤而走险的态度实在令人无法忍受。必须得给他一个教训！尹向东和徐耀斌不约而同地上了车，一脚油门踩到底，争先恐后地追了上去。

场面就此失控。以前看到电影里的飙车场面时，颜小莉只觉得那像一场游戏，此时被加速度紧紧地压在座椅靠背上，她才体会出现实和电影根本是两码事儿。黄蔚妮还不算是追赶得奋不顾身的，她只是不远不近地跟着那辆卡车，但光看着前面的尹珂东和徐耀斌叫嚣寋突的架势，颜小莉的心脏就快要跳出来了。这两个男人简直像疯了一样，轮番奋不顾身地冲到卡车车头的前方，有两次几乎和卡车撞在一起，却怎么也无法把对方再次逼停。胖小子看来是横了心较上了劲，操纵着偌大一辆卡车东摇西晃，每每在围追堵截中夺路而出。而这可苦了后面那些狗，它们像碗里的豆子一样腾越着，滚动着，彼此撞击着，哀号声一阵高过一阵。

　　你追我赶了几公里，公路侧前方赫然出现了一个岔口，卡车猛打了把方向盘，一头扎了出去。救狗别动队的大部分车都被甩掉了，紧随其后的只剩下了尹珂东、徐耀斌和黄蔚妮。颜小莉别无选择地坐在黄蔚妮身边，紧紧抓住车厢里的把手，张大了嘴，却叫不出声来。

　　公路追逐转眼变成了山路追逐。这是一条在北京郊区常见的盘山道，路面颠簸而险峻，几乎仅容一辆车通过。不时有嶙峋突出的怪石在颜小莉眼前掠过，轮胎与地面之间的摩擦更是让她闻到了一股糊味儿。不知拐了几个弯，颜小莉就分不清东南西北了，她脑子里唯一清醒的念头，居然是勒令自己收紧括约肌，以免在黄蔚妮的雷克萨斯上尿了裤子。而随着身边黄蔚妮的一声"哎呀"，令颜小莉在此后的日子里追悔莫及的一幕发生了。

　　前方露出一个急而陡的转弯，卡车又刚刚被一块从山体里凸出的岩石挡住了视线，没来得及减速，眼看就要冲出路面，滑下山坡。幸亏那小胖子的驾驶技术还算过硬，他紧急踩了一脚刹车，让车身贴着一蓬半人高的蒿草转了个九十度的大弯，有惊无险地爬上了一段上坡路。这个激烈的驾驶动作也将狗们再次抛了起来，而铁笼子的栅栏门或许刚才就被尹珂东拽松了，因此有两只体型颇大的黄狗和三四条京巴、博美一类的小狗一齐破门而出，天女散花似的飞到山下去了。

黄蔚妮的惊叫正是为此而发的吧。但让颜小莉感到恐惧的，却是另一个状况。

她似乎看到，卡车在拐弯时，车斗的边角撞到了一个人。红衣服，个头不高，瘦瘦的，好像是个孩子。黄蔚妮的雷克萨斯飞快地跟过了那个转弯，而颜小莉扒着窗户回头再看时，路边却又空无一人了。

4

那场追逐到底是怎么结束的，颜小莉反而记不清楚了。好像是卡车翻过了山，慌里慌张地开上了一条正在施工的断路，这才不得不停了下来，束手就擒。尹珂东和徐耀斌围上来，自然又是一番大肆声讨，他们把开卡车的胖小子从驾驶室里拽下来，你一把我一把地推搡、拉扯着他，这时也不说狗是人类的亲人了，而是一个要去医院，一个要修车，钱都得由胖小子出。

胖小子全然不见了开车时的莽撞，他的脸煞白，结结巴巴地说："你们要是不追我，我也不会跑啊。"

"还敢信口雌黄！"尹珂东声音雄浑地喊道，一张大脸因为激动，更加膨胀了，"你先跑我们才追的。"

胖小子又指向徐耀斌："他要不把我截下来，我还不会跑呢。"

"我把你截下来是要跟你讲理的，你干嘛撞我的车？"徐耀斌也吼道。他的长相和身材不如尹珂东有威慑力，因而特地踮着脚跳了两跳。

"我都说了我就是个开车的了，后面那些

狗不是我的,你们还非要为难我……你们讲不讲理啊?"胖小子说着,连哭腔都带出来了。

"得了得了,甭废话了,反正也造成事故了。"尹珂东似乎冷静了一点,瞥了瞥变成"一只耳"的保时捷,"咱们还是叫警察来处理吧。我们截你的车,该扣分扣分,该罚款罚款,我们认了。可你在停车的状态下撞坏了人家的后视镜,故意损坏他人财物,这个责任也推卸不掉——咱们都把驾驶证拿出来吧。"

说着,尹珂东首先掏出了驾照。徐耀斌点头称是,也一边掏证件,一边拿出手机就要打报警电话。而这时候,胖小子的神色就更慌张了,他破口而出:

"不能报警。"

"为什么不能报警?"尹珂东冷笑着盯住对方。

胖小子不说话,额头上冒出了豆大的汗珠。

尹珂东一针见血地指出:"你没驾照,对不对?"

这话让胖小子突然崩溃了。他抱着脑袋,

蹲到卡车轮子旁边,真的哭了起来,一边哭一边语无伦次地嘟囔:"我开车开得好好儿的,谁也没招谁也没惹,你们干嘛非要拦我啊……就为了那些狗吗?狗要活命人也得吃饭呀。"

尹珂东趁势施展出谈判技巧,他叉着腿站在胖小子头顶,居高临下地说:"无照驾驶可是大事儿,又酿成了事故,起码够得上拘留了——不过今天的情况确实有些特殊,我们看你又不容易,干脆这么着吧——警察我们不叫了,剐蹭的损失呢,也不让你赔了,但你车后面那些狗得归我们。你看怎么样?"

胖小子没接话,只是呜呜了两声。

尹珂东笑了:"没有异议就是同意。耀斌,你也没意见吧?"

徐耀斌不满意地插嘴:"我这可是新车……"

"将就将就吧。"尹珂东立刻打断他,"反正万把块钱的修车费用,对你来说也就是一顿饭钱。"

徐耀斌往黄蔚妮这边扫了一眼,只好大度地耸了耸肩膀,没再说话。

尹珂东的脸上堆起了一箭双雕的快意：既在黄蔚妮面前抢了头功，又顺带慷了徐耀斌之慨。这个成就让他忘掉了自家屁股上的隐隐作痛，一发跳上了卡车车斗，再度上演了徐耀斌没能演好的硬汉形象——迎风而立梗着脖子睥睨一切，掏出电话呼叫：

"动物保护中心吗？我们刚刚解救下来一批被盗的宠物狗，请求支援，请求支援！"

直到这时，颜小莉还坐在雷克萨斯的副驾驶上心惊肉跳，两只膝盖不停地哆嗦。而她旁边的黄蔚妮也脸色煞白，两手离开方向盘，撑在座椅上，十只鲜红的指甲恨不得掐进"阿尔卑斯头层小牛皮"里去。

颜小莉叫了她一声："蔚妮姐……"

黄蔚妮如梦方醒地感慨："刚才吓死我了，那么陡的路，那卡车司机还开得那么快，这不是混蛋吗？"

尹珂东却在极具英雄气概地招呼黄蔚妮了："快来找麦克黄啊——是不是吓掉魂儿了？我早就让你别跟着了，女人开车就是不行。"

俩人只好定了定神,一前一后跑到卡车旁边。黄蔚妮一边在铁笼里辨认,一边颤声呼唤道:"麦克黄,麦克黄!"尹珂东和徐耀斌也凑了过来,一人捡了一根树枝,帮助黄蔚妮把"金毛"和"古牧"轰开,露出藏在狗群里的拉布拉多,同时你一言我一语:

"是不是这只?"

"我觉得这只像,麦克黄的脑门上不是有一块白吗?"

几个人团团乱转,只有颜小莉的心思不在狗上。她绕着卡车车斗,像要证实什么似的,用手指轻轻触碰着锈迹斑斑的铁皮。在车尾右侧,果然粘着一小团暗红色的液体,明显是血,血里混着几根狗毛。那么这究竟是人血还是狗血呢?颜小莉的心再次狂跳起来,只觉得两腿发软,站都要站不住了。

而从车斗的另一侧,一阵轻轻的抽泣声传了过来。颜小莉的眼睛穿过几条狗腿,看到黄蔚妮正捂着脸,肩膀一耸一耸的。他们已经辨认了两遍,仍然没有发现麦克黄的踪迹。被迫接受这样的事实，无疑让她失望到了极点，也接近崩溃的边缘了。

两个男人却还在如火如荼地抢着风头，轮番软言软语地安慰黄蔚妮。尤其是尹珂东，他仗着胸怀够博大，还试图揽着黄蔚妮的肩膀，把她搂起来："没事的，没事的，这次找不着还有下次。麦克黄会等着你，我们也绝不会抛弃它……"

黄蔚妮一把甩开尹珂东的手："尹珂东，你提供的什么破情报！自己还没核实清楚就把我叫来，简直就像你们那家报纸一样不靠谱！"

尹珂东尴尬地搓起手来，徐耀斌倒快意地无声冷笑。至此，营救麦克黄的行动以失败告终。

那天晚上回到住处，颜小莉已经是人困马乏，累得连澡都没洗，就把自己拍在了床上。然而直到凌晨三点，连隔壁那对一到周末就熬夜上网的小情侣都没了声息，她仍然没有睡着。追车。急转弯。一个红色的瘦小身影。漫天乱飞的狗。车斗上的血迹。这些场景像一部剪辑极其混乱的电影，在她的脑子里无休无止地乱晃。

症结还是出在卡车那个惊险的九十度大转弯上。到底有没有撞到人？那一瞬间的镜头起码被颜小莉"重放"了几十次。在有一些镜头中，路边是空空荡荡的，只有一蓬在尘土里摇曳的蒿草，但在另一些镜头中，蒿草丛中却明明站着一个孩子——不辨年龄，不辨男女，只记得轮廓是瘦的，颜色是红的。是不是她眼花了，或者出现了幻觉？但她的幻觉为什么不能是一群鸟、一棵树，而偏偏是一个人呢？

基于迷乱、慌张、无法确定是真是假的记忆，颜小莉却开始进行理性分析了：没撞到人倒还罢了，假如真的撞了人，将会产生什么后果？那孩子会死吗？他家里人或者其他目击者会报案吗？警察会不会顺藤摸瓜地追查到卡车司机，进而再找到尹珂东、徐耀斌、黄蔚妮以及自己头上？那个脏兮兮的胖小子没有驾照，人又是他的车撞的，看似要负主要责任，但他有个道理讲得也没错：你们不追我，我会跑吗？这么一来，当时在路上追逐的所有人，就都和一桩人命案件扯上关系了。哪怕颜小莉没有开车,她也是涉案人之一,并且"间接促成了案件发生"。她在电视里的法制节目中听到过类似的台词。

人命啊,想到这个字眼,颜小莉浑身打起寒战来。她飞快地把自己的头蒙进被子里,又咬紧牙关才没叫出声来。

一夜几乎没睡,起床之后自然是昏昏沉沉的。这天正好是周日,这套位于大兴黄村的三居室里,除了颜小莉之外空无一人。与她合租的室友们大概是出去踏青了,大家平时都忙得要命,每个礼拜就指着周末透口气呢;而他们所住的这片城乡结合部还保留着一块半干半湿的河滩,带张桌布一篮子食物过去,不花钱也能消磨一天。窗外的天色有些阴沉,使得空旷的房间更显得静谧了,就连门外电梯的开门关门声和有人上下楼梯的脚步声都清晰可闻。这些声音又让颜小莉不由得心惊胆战。

窗外还有警车或者消防车驶过,当时颜小莉正坐在马桶上发呆,听见那尖利的鸣笛,她本来呆滞的思绪立刻产生了无数联想。颜小莉捂着脸把头扎进双腿之间，终于被自己吓出眼泪来了。

她老实了二十多年，从来没跟父母顶过嘴，从来没逃过学校里的一节课，从来没让男朋友把手伸进内衣底下过，怎么一摊上事儿，就有可能是天大的事儿呢？

中午泡了方便面但也没吃两口，颜小莉看着一只油腻的碗，坐在她那间十平米不到的朝北卧室里发呆。这时手机突然响了，是黄蔚妮。颜小莉迟疑了好一会儿，终于还是接听了。

"昨天累坏了也吓坏了吧？"黄蔚妮的口吻仿佛比往日更亲切。当然，是那种轻巧的、保持着俯视姿态的亲切。

"还好……"

"看你的脸色不好，还以为你晕车了呢。"

"我只是在挂念着——麦克黄。"

"我硬拉着你去，也是为难你了。我早就看出你这人……心眼儿很好，跟公司里那些两面三刀的家伙不一样。"黄蔚妮似乎叹了口气,又说,"不过拜托你,咱们去找狗的事儿,千万别告诉不相干的人,你知道,我手里的这个项目很重要,合作方也相当挑剔,公司的高层要求我全力以赴。这时候如果传出这种小插曲,谁知道又有什么人要站出来说怪话呢……"

"这个您放心。"颜小莉本想对黄蔚妮说,我也有件事儿想跟你谈一谈,但她咬了咬嘴唇,还是没说出口。

黄蔚妮却突然咯咯一笑,情绪转变之快,像被一只电灯开关操控着:"还有个小事儿,我倒想听听你的看法呢。"

"您说。"

"尹珂东和徐耀斌这俩人怎么样?别深琢磨,只需要说你的第一感觉。"

"都挺好。"

"好在哪儿?"

"有钱……徐耀斌比尹珂东更有钱吧?"颜小莉的脑子里充满了嗡嗡响的杂音,连那两个男人到底谁是胖子谁是瘦子都记不清楚了。

"俗了,颜小莉你要这么想就俗了。"黄

蔚妮嘴上奚落她，音调里却透出一股难以压抑的欢畅，"关于他们俩那点儿破事儿，我回头再跟你讲吧——昨天我没睡好，今天晚上还被总经理抓差，要去参加一个酒会，所以明天中午帮我买杯咖啡提提神吧，还是拿铁。"

黄蔚妮挂了电话，又把颜小莉抛回没着没落的空旷之中。看来黄蔚妮是没有看见卡车撞到人的，没有看见虽然并不意味着没有发生，但在自己也尚未确定事实的情况下，却足以降低撞到人那种可能性的概率。颜小莉像绕口令一样宽慰着自己。而且你看人家黄蔚妮是怎么活的，工作、狗、男人，三条战线同时作战但却都处理得轻车熟路游刃有余。难怪人家是黄蔚妮，而你只配当个颜小莉。

但颜小莉终究不是黄蔚妮，羡慕也没用，学也学不来。到了晚上，她又开始失眠了，白天已经从脑子里赶走的镜头，再次颠三倒四地浮现了出来。简直像个主打午夜恐怖片的电视台，你越怕什么它越要播什么。这一次的心理负担更加沉重，颜小莉只觉得脑子里面有根锈迹斑斑的锯子在来回拉扯着，再锯就要断了，可却总也锯不断。

这件事必须得找人说说，哪怕是为了分担自己的压力也好。颜小莉做了这个决定，而她能找的人首先就是黄蔚妮。

5

第二天中午，颜小莉端着两杯咖啡，站在办公区等待黄蔚妮。已经过了午饭时间，黄蔚妮才从密闭的会议室里出来，画了淡妆的脸上带着一片愠色。她大概是又和设计部或者客服部的头头儿吵架了吧？这种事儿经常发生，但黄蔚妮有一项独门功夫，就是吵架挂相不挂心，转眼就能嘻嘻哈哈，嘻嘻哈哈完了马上又能接着吵。

果然，黄蔚妮从颜小莉手里接过咖啡，立刻眉开眼笑："还是你贴心，咱们的售后要是能做到你的一半儿，也就不会天天被客户追着骂了。"

这话是说给客服部的经理说的,那男人气鼓鼓地哼了一声,扭着水桶腰走开了。

颜小莉问黄蔚妮:"您要不要吃点东西?现在咖啡厅还有咖喱饭。"

"不吃,让他们那些人气也气饱了,正好减肥。"

这也是黄蔚妮的独门功夫之一,越忙越不饿,越不吃精神头越旺盛。于是俩人坐到休息区的沙发椅上,各自捧着塑料杯吮咖啡。

哪怕是给黄蔚妮添乱添堵,哪怕被黄蔚妮说成"脑子锈透了",昨天计划好的话该说还得说。毕竟,那有可能是人命关天的大事儿啊,凭什么憋在心里,由自己一个人承担。颜小莉这么鼓励、敦促着自己。

但说的时候又得讲究策略。一惊一乍地宣布"出人命了",反而会让黄蔚妮觉得自己是在信口雌黄。于是还是从狗说起:

"那天救下来的狗,已经在动物保护中心了吧?"

"是啊。保护中心的车来的时候,你不是

看见了吗?"黄蔚妮说。

"以后它们会被送到哪儿去?"

"能联系上主人的联系主人,联系不上的只好另找人家。"

"唉……可惜麦克黄不在车上。"颜小莉看了一眼黄蔚妮,略微加重了语气,"那些狗贩子也真可恶,偷了人家的狗还敢顽抗,还敢逃跑,而且居然还是无照驾驶——假如出了车祸可怎么办?"

黄蔚妮阴着脸没接话,看起来是又沉浸在对麦克黄的思念中了。

颜小莉又跟上一句:"多险啊,万一要是车翻到了山下去,或者撞到了什么人……"

黄蔚妮拿眼睛挑了挑颜小莉:"你别胡思乱想了——自己吓自己。早知道你这么胆儿小,那天就不该叫你去。"

"不是胡思乱想!"颜小莉脱口而出,但又顿了一顿,声音急剧地衰弱下去,"蔚妮姐……有件事儿我不知该说不该讲。"

"讲吧。都拐弯抹角说到这份儿上了,不

讲不把你憋坏了？"黄蔚妮终于以认真的姿态面对颜小莉了。

"我亲眼看见……可能真撞到人了。"颜小莉的嘴巴反倒不利索了，刻意矫正了几个月的前后鼻音不分又暴露了出来，"当然，不是咱们的车撞的，更有可能是我看错了……你知道，我的眼神儿一向不太好的，连现代和本田的商标都认不清……"

她终于把在脑海中反复萦绕的那一幕描述了出来，尽管语无伦次，但却一五一十。讲完之后，颜小莉的心情果然轻松了许多，看来天塌下来，就是得找个高个儿来一起分担。她咕咚一声，咽了口已经变冷的咖啡，眼巴巴地望着黄蔚妮。

黄蔚妮的反应却是毫无表情，但眼睛瞪得更大了，又在太阳穴上绷出了两条淡青色的血管。她和颜小莉对视片刻，平静地开口："你一定是看错了。"

"可我明明看到卡车拐弯的时候，有一件红衣服……"

"你怎么确定那是红衣服而不是红布条、红油漆、红塑料袋呢?"黄蔚妮说,"你说过你眼神不好的。"

颜小莉立刻积极地点起了头:"是啊,那些山上的农民就是喜欢乱扔垃圾的。"

"所以说你就是自己吓自己嘛。"黄蔚妮更加笃定地说,"当时我也坐在车里,从我的角度看过去,可什么都没有发生——什么都没有。"

那天和黄蔚妮谈完,颜小莉一度有了如释重负的感觉。黄蔚妮都没有看到嘛,没看到就是没发生。她反复在心里强化着这个想法,并且尽力使自己像黄蔚妮一样平静、干练、自信。这个世界上的确会有意料之外的惨剧发生,但发生的地点都是电视新闻里那些正在打仗或者暴乱的动荡地区,或者是突然遭受到地震和海啸的灾区,再或者就是像颜小莉老家那种贫困荒凉之地——她记得,以前邻居家有个孩子,父母都出去打工了,爷爷奶奶又管不住,就任由他满世界地瞎跑瞎转,结果有一天从附近厂矿的煤堆上滚下来,被活活埋在里面了。而如今颜小莉已经留在了北京,在东三环最繁华的地区上班,接触的尽是如同从时尚杂志上剪下来的人物,身处在这种环境中,她的生活理应变得光鲜明丽、稳固安宁,不是吗?

因此下班的时候,她的脚步重新变得轻快而有弹性,脸也仰了起来,璀璨地迎向地铁站外那片聚积了新一轮雾霾的灰蒙蒙的天空。回到三居室里的小北房,她还特地给自己叫了一份大号的红烧鸡腿饭,坐在电脑前一边看台湾综艺节目,一边响亮地吧唧着嘴,犒劳自己因为茶饭不思而受了委屈的胃。跟黄蔚妮吃饭的时候,她是从来不敢吧唧嘴的,并且把吧唧嘴的罪恶转嫁到了前男友的身上,但黄蔚妮又怎么能了解,吃饭吧唧嘴其实是多么畅快,多么尽兴啊。

然而这样的好状态仅仅持续了几个小时。"那一幕"被从清醒的状态中驱逐了出去,却从梦里钻了出来。刚刚入睡不久,颜小莉就梦到自己回到了营救麦克黄的那天上午:

刹车、转弯、摇晃的蒿草、漫天纷飞的狗、被车斗撞下山坡的一团红色。而这一次，她还清晰地看到那团红色就是一件化纤运动服，半新不旧，松松垮垮，衣领上方是一张充满惊惧的孩子的脸。

颜小莉噌地从床上坐起来，满身是汗，大口喘气，如同刚和什么人进行过一番殊死搏斗。黄蔚妮说没看见，就能等同于没发生吗？要知道，虽然当时两人都坐在车子的前排，但驾驶席和副驾驶席的视野不尽相同。再说黄蔚妮正在紧张地开车，因为山路的陡峭而自顾不暇，她凭什么那么斩钉截铁地替颜小莉的眼睛和记忆做主？

而一旦惊醒，就再也睡不着了。假如说麦克黄的丢失是黄蔚妮的心病，那么山上的那一幕就成了颜小莉的心病，并且她病得比黄蔚妮要深重得多。要想除去这块心病，光跟别人商量是不够的，颜小莉必须亲自做点儿什么。

第二天，颜小莉破天荒地请假了。她捏着鼻子给后勤部门的主管打了电话，谎称自己患上了严重的感冒。前台虽然是最微不足道的职位,但却是实打实的一个萝卜一个坑,上司自然满腔不乐意。于是颜小莉又抬出了黄蔚妮,说是没穿外衣就去替"蔚妮姐"买咖啡才受了风寒。好说歹说,总算磨出了一天的假期,颜小莉出门坐上了一辆9字头的长途公交,再次去了昌平。

那天拦截卡车的路线倒还记得清楚,只是开到国道入口,公交车就要往另一个方向去了,附近又找不着其他站牌,颜小莉只好一咬牙,花一百块钱雇了辆咣咣乱响的黑车。沿着国道一路向北行驶,她把头靠在车窗上,两眼死命辨认着每一条岔路,认错了一次又掉了两回头,这才终于拐上了卡车司机曾经夺路而逃的那条盘山道。

但还没往上开出多远,已经满嘴唠叨的黑车司机却停下了车,死活不肯再走了。他指指坑坑洼洼的山路,说路况太差,他那辆夏利本来就很旧了,硬开上去没准儿会散架。司机又说,这条路以前是从山里往外运石料的,现在早已废弃不用，一个小姑娘非要往这里去做什么。颜小莉只好付钱下车，徒步往山上走去。

那天坐车风驰电掣了几分钟，如今换成两只脚，却足足走了一个多小时。山景本身是称得上俊秀的：嶙峋瘦骨，长满了苍翠的松柏，不时有飞鸟和松鼠一类的动物在林间急促地惊起，花岗岩被日晒雨淋成了近乎橙黄的颜色……但因为揣着一个噩梦，颜小莉也没心思驻足观望。她气喘吁吁地爬到一处突兀的弧形弯道，望见了路边的那一蓬蒿草。

没错，就是这里。颜小莉再次确认了一遍之后告诉自己。她壮着胆子走到道路外侧，看见下面是几米深的一道山沟。身边的蒿草中，有几株断了头，只剩下风干了汁液的草杆。该不会是有人落下去时情急之下拽断的吧？这个念头让颜小莉的心狂跳起来。而几秒钟之后，另一个发现更是让她眼前一黑。

那是一只白色的运动鞋，歪斜着躺在山沟深处的两块碎石之间。这么说来，除了那天追车的当事人之外，这地方的确是有过其他人出没的。在"一定要把事实弄清楚"的冲动下，颜小莉鼓足了气力，弯下腰，扒住岩石突出的棱角，一步一试探地往山坡底下爬过去。

这样的举动对于电视里的攀岩运动员来说算不了什么，但对于习惯了在前台后面一坐一整天的颜小莉而言，就是充满危险的挑战了。爬到一半，她忽然岔了气，肋骨下面一阵生疼，然后手一滑，像只掉下桌面的猫一样四肢乱挠着坠落在泥土地上。幸亏就势打了个滚，并没有听到咔嚓的骨头断裂声，但再挣扎着爬起来时，身上的衣服已经没有一处干净的了。

她顾不得许多，跑过去捡起那只鞋。国产品牌"361度"，30码，橡胶鞋底的花纹磨损严重。颜小莉记得自己八九岁的时候，也穿这个尺码的鞋，并且也是底儿都快磨破了家里才给买新的。为了早点儿换一双新鞋，她还在上学下学的路上故意用脚底摩擦地面，她妈发现了，就揪着她的辫子狠狠地掐她的脸。那么手里这只鞋的主人身上，究竟发生过什么呢？颜小莉抬头看了看头顶的公路，把自己的记忆加了进来，试图糅合成一幕完整的坠山过程，但却只觉得慌乱不堪，整个儿心思都是空的。

就这么发了许久的呆，她才被一股回旋的山风吹醒。两人多高的土坡，是不可能再爬上去了，好在坡底还有一条弯弯曲曲的小径，通向刚才走过的那段公路。颜小莉忍着周身的酸疼，在杂草丛中缓缓行走着。她想的是顺着公路找到山里的村镇，最好有个派出所什么的，那样就可以打听到最近有没有孩子受了伤。

但假如真有，而且恰恰是被车撞下来的呢？她敢承认自己也是事故的当事人之一吗？对于这个问题，颜小莉是不敢触及的。

回到公路上，拐过那个大弯，又往上走了十来分钟之后，颜小莉终于碰到了一个人。那是个三十多岁的农妇，黑而糙的脸，像被烟熏过的腊肉，背上背个竹筐，筐里半满不满地装了些酸枣。来的路上，颜小莉见过有人在路边摆摊卖这东西。

俩人照面，似乎都是一惊。颜小莉随即意识到，那只旅游鞋还拿在自己的手上，而对面的女人正直勾勾地盯着它。

女人向她开了口，说的却是一嘴河南话："你做啥呢你？"

"什么也没做。"

"我问你拿俺家娃的鞋做啥？"

颜小莉脑袋里轰隆一声，痴了一般，把鞋递过去："捡的。"

女人接了鞋，往背后的筐里一扔，掉头往山上就走。颜小莉鼓了一口气，追上去："这鞋是你家孩子的？"

"对。"

"你家远吗……我刚才摔下去了，想洗洗手，最好能再给我口水喝。"

女人没说话，继续爬坡。颜小莉像吃了一瘪，脚步不由得畏缩地停下来。但还没落后多远，她便看见那女人转过身来：

"跟着。"

盘山道一路向上，不多久，又分了一个岔。往左走，就是那天卡车逃窜的方向，颜小莉知道那里是断路，而女人却背着筐走向了右边。

复再前行两里，一圈低矮的院墙从路边的树丛里露了出来，院子里是两间红砖瓦房，看起来摇摇欲倒，房顶上盖着一块斑秃似的塑料布。

跟着女人进去，颜小莉见到了那个名叫郁彩彩的九岁女孩。

女孩躺在窝棚板的偏屋里，身下是一张砖头和木板垫成的床。她瘦小的身体上到处是伤：额头上扎着一圈纱布，一边一块农村红的脸蛋上涂着大团的紫药水，右手虎口缝了几针，手指头上尽是凝结的血痂；最严重的是左腿，裹着厚厚的一层石膏，翘起来，挂在从房梁垂下来的布带上。虽然屋里光线昏暗，但颜小莉还是看清了女孩身上穿着一件暗红色的运动服，以及女孩有一双大而明亮的眼睛。

正不知所措，农妇已经端了一盆水来，放在小院当中。颜小莉蹲下去，用力地搓洗自己的脸，仿佛如此就能遮住煞白的脸色。洗完了，一只搪瓷缸子便递了过来。她小口抿着热水，尽量不让嗓音打战，装作随意地和对方聊起来：

"孩子怎么受伤了？"

"让车撞了，滚到沟里了。"

"哪天的事？"

"上礼拜六。小人儿在家待不住，非要到山底下的学校参加课外活动，走到一半就碰上了车。那路平常是没车的，山那头修了隧道。摔下去腿就折了，动不了，嚎到晚上，才被赶羊的人听见了。"

"骨折了也没住院？"

"花不起那钱。外地人，又没单位，在北京没医保。"

"腿没大事儿吧？"

"打了钢钉接上了。但说膝盖也伤着了，有块小骨头碎了，得换个零件。一个羊拐子似的铁疙瘩，说是进口合金的，大概要三万块钱。我们哪有这钱？她爸以前是采石场的工人，给老板放炮炸山，后来政府把厂子封了，只能再找活计。上半年被一个山西的矿上雇了，说过去先干一段，等稳下来再接我们。"那女人的脸一直木讷着，但一说到自家的事情，就浮现出了苦楚的神色。她的每句话都很短,句子与句子之间留有很大的空隙,颜小莉每每以为她要说完了,下一句话却又突兀地蹦了出来。进而又说到了女孩的父亲干活儿辛苦而且危险,有两次碰上了哑炮,正想过去查看,突然就响了,幸亏人离得远才没有送命;还说到女孩在学校念书不怎么样,跟不上北京的课程,学校警告她说要取消她的借读资格;又说今年野酸枣倒是不少挂果,拿到国道边上卖给郊游的城里人,一斤可以赚上七八块钱,可这生意只有周末能做。

颜小莉又把话头转回女孩的腿上:"如果那三万块钱的零件不换……会怎么样?"

"腿吃不住劲,就变成拐子了。"女人简洁地答道。

两人说话时,女孩就躺在门后静默地听着,不言不语。

颜小莉终于问出了那个最让她提心吊胆的问题:"被车撞的时候,有没有看见车牌号什么的?"

"车开得太快,根本没看见。也报了警,可警察就说让等信儿。"

女人说完,院子里忽然安静下来。颜小莉本来觉得可以松一口气的,但她的心却反而悬了起来,同时感到一阵难以忍耐的酸楚。她下意识地将手伸到口袋里,上上下下地摸,最后只掏出两百来块现钱,一把塞进女人的手里:"拿着给孩子买点儿吃的吧。"

"你这是干嘛?"女人的声音高扬起来,"咱们又非亲非故……"

"我是孩子学校的老师。"颜小莉扯谎,"就是山下的镇上那所……"

女人念叨了几句,总算把钱接了,又抹了两把眼角。而这时,女孩的嗓音却清晰地传了出来:"您是老师,我怎么从来没见过您?您教几年级?"

"我刚分配过来,也没见过你呢。"颜小莉答道,接着问了女孩的名字。

女人又进屋拎出暖壶来续水,颜小莉却已经趁着这个空当,恍恍惚惚地出了小院,顺着原路往国道的方向走回去。天已正午，阳光普照，松柏与杂草都闪耀着油脂一般的绿光，但这景象在颜小莉看来，却是苍凉而凄楚的。以前在历史课本上学过，北京北部的山区自古以来就是战场，只要越过这道屏障，少数民族就可以畅通无阻地跃马中原，因而几次著名的惨烈鏖战都发生于此。现在，颜小莉的心里也打起了一场战争。

6

既然事实已经很清楚了，那么现在，纠结在颜小莉心里的问题也一目了然：那个"间接与她有关的责任"，负还是不负？不负当然可以，女孩和她的家人至今不知道撞人的汽车是哪儿来的、谁开的，因此她和所有参与追逐的人都是安全的。况且就算要负责任，她颜小莉负得起吗？工作不满一年，工资仅高于保安和清洁工，每月除去租房子和吃饭、坐车的花销，能省下几百块钱都是万幸。想想存折里那个上下波动但却长期没有质的飞跃的四位数字，她所要考虑的就不只是趋利避害，还有量力而为了。

然而理智地想要"把这事儿翻过篇去"，颜小莉却发现自己根本做不到。新的场景又开始在她的脑海中反复回旋起来，这时就不是撞人的那一幕了，而是那女孩闪烁着一双大眼，挂着沉重的石膏，躺在阴暗的小平房里的样子。她叫郁彩彩，九岁，在山下的某所小学借读，上五年级，来北京已经三年，从没去过天安门和王府井，最爱吃麦当劳的薯条但迄今只吃过两次，一次是跟她妈去昌平城区卖柴鸡蛋的时候，另一次是她爸出车带回来一包。这些信息都是她妈拉拉杂杂地告诉颜小莉的。一旦对某个人建立起了琐碎而生动的印象，你就没法觉得这人与自己无关。通过郁彩彩，颜小莉还一发不可收拾地回忆起了自己小时候。在八九岁的年纪，她们是一样的瘦，一样脸上挂着农村红，一样怯生生的沉默寡言。谁又知道十几年后的郁彩彩会不会变成另一个颜小莉呢？但她的腿如果真的拐了怎么办？颜小莉还听郁彩彩她妈提过一句，要给膝盖安装那个合金零件，是有时间期限的。如果两个月后损伤定了形，就算花多少钱也补救不回来了。一个拐子，就算上了大学又能干什么？站在前台，人家还会以为台面歪了呢。

颜小莉不仅失眠，还开始了头疼。疼痛来无影去无踪，疼起来连气都喘不上来，同时眼前一片一片地冒金星，简直像在放礼花。好几次正在前台端坐着，她突然就弯下腰去，用指关节死死地顶住太阳穴，嘴里呜咽出来。路过的同事问她怎么了，她还得立刻挤出一脸笑，说自己在捡东西。

在这种情况下，颜小莉第一次深切地后悔起来。她想，如果那天没去参加营救麦克黄就好了。说起来，她还和狗有仇呢。家乡那种小地方的狗和北京的狗可不一样，基本上都是其貌不扬的土狗，既脏又野，而且因为食物匮乏，往往焕发了狼的天性。记得上初中的时候，一天颜小莉骑自行车上学，突然从巷子里冲出一条黑狗，照着她的小腿就是一口，血淋淋地扯下一块肉来。虽然被同学第一时间背到医院去打了针上了药，但伤口至今蜿蜒在她腿上，令她夏天也不敢光着腿穿裙子。既然如此，她为什么还要答应黄蔚妮？她知恩图报得还不够多吗？干嘛这种事儿也要上赶着掺和？

颜小莉，你贱啊你。

而所有的前思后想，又归结为一个决定：这件事情还得找黄蔚妮谈一谈。在北京，她只认识黄蔚妮一个人，对于颜小莉来说难如登天的事儿，对于黄蔚妮就变成了小菜一碟。她想起黄蔚妮向她展示过一块卡蒂亚"蓝气球"手表，光那东西就不止三万块钱呢。

但恰好在这个时期，颜小莉发现，黄蔚妮对自己的态度变了。数一数，她已经几天没和黄蔚妮说上话了？自从上次谈话之后，黄蔚妮上下班经过前台，就不再和颜小莉笑着打招呼了，而是径自昂首快步经过。她也不再找颜小莉一起吃饭，周末更不会打电话叫颜小莉出门了。就在今天，颜小莉买了黄蔚妮加班之后照常要喝的咖啡，等在销售部办公室门前想要送给她，黄蔚妮却朝外面瞥一眼，立刻就转身回去，再也没出来了。

黄蔚妮烦她了？不把她当朋友了？还是因为她贸然说了有可能撞到人的事情，把黄蔚妮吓到了？颜小莉只觉得心里一寒。然而她终究无法像黄蔚妮对她视若无睹一样，对郁彩彩的那条左腿视若无睹。于是这天下班之后，颜小莉特地没走，像尊泥像似的站在前台后面，等候黄蔚妮。

管理层还在开会，已经过了八点钟。期间有人出来抽烟透气，还有外卖公司的人把十几份日式"定食"送进去。颜小莉饭也没吃，怕的是出去一趟再回来，黄蔚妮已经走了。就这么一直耗到了九点，门里的会议室终于轰然一响，总经理和几个高层人物簇拥着一个外国老头儿走了出来。颜小莉立刻溜了进去，远远地就看到黄蔚妮一边和人谈笑，一边吩咐销售部的人把做演示的电子投影系统关掉。

一歪头，黄蔚妮看见了颜小莉，但仍然没

跟她说话，扭身往卫生间走去。颜小莉咬了咬嘴唇，埋头追上去，一边追，一边朝那个窈窕的背影喊道：

"蔚妮姐，蔚妮姐。"

几乎要追进卫生间，黄蔚妮才蓦然回过头来，脸上冷冷的："有事吗？"

"那天的事，我还想再和你说一下。"

"什么事？"

"救狗那天，卡车的确撞到人了。我还去过被撞的孩子家里，她叫郁彩彩，才九岁。如果您不相信我，我还可以带你也去看一下……"

"你别来烦了我好不好？"黄蔚妮的眉毛突然挑起来，声音尖利地上扬，"什么狗啊狗的，你知不知道我现在在忙什么？知不知道这个项目对公司有多重要？知不知道我现在的每一分钟每一秒钟值多少钱？我有工夫管你那些破事儿吗？"

颜小莉哑口无言。这时，后勤部门的负责人恰好从卫生间出来，立刻甩着一双湿手赶过来，呵斥颜小莉："你怎么回事儿？说闲话也得有时有响,知不知道现在是特殊时期?"

然后堆了笑安慰黄蔚妮:"蔚妮,你别生气,回去好好休息,明天还有个会呢。"

"管好你手底下的人。"黄蔚妮撇下这句话,连卫生间也没上就走了。

上司又把颜小莉揪到办公室里好一通骂,说得她的眼泪没忍住,汩汩流了出来。公司的业务部门拿后勤的人发邪火,这是再常见也没有的事情了,销售副总指摘一个前台,更是天经地义。以前还有别人对颜小莉做过更鄙夷、更欺负人的事情呢,她也都忍辱负重地扛了下来。但这次不一样,和她翻脸的是黄蔚妮啊。颜小莉只觉得心里堵得慌,一团愤懑像包在纸里的火一样燃烧、膨胀。她再也按捺不住,和上司拍了桌子:

"你不了解情况就别乱说好不好!"

上司愕然,随后暴跳起来:"你还想不想干了?"

颜小莉却耸着肩膀,像只斗架的公鸡一样走了出去。次日上班的时候,她只等着上司来通知她收拾东西走人。事实上,她已经为自己的失态而后怕、后悔了。新一轮的大学毕业季行将结束,今年的就业形势更加惨烈,听说就连海归都不好找工作了。如果失业的话,她一个被炒了鱿鱼的前台又能干什么去?她那点儿积蓄又够坐吃山空几个月的?

但一整天却都风平浪静。没人多看她一眼,大家继续把她等同于摆在公司门口的那几柱盆栽——还不是富贵妖娆的蝴蝶兰,而是其貌不扬的巴西木。又过了两天,颜小莉才听说,自己能够躲过这一劫,仍旧是多亏了黄蔚妮帮忙。上司本来是卖乖献好,向黄蔚妮表示,决不让颜小莉留到下个月初的,没想到黄蔚妮淡淡地回了一句:"人家小孩儿不是干得挺好的吗?比你以前挑的那几块料强多了。"还专门叮嘱,千万别拿那天晚上的事情小题大做,毕竟大家都在精神紧张的状态,都有责任。

这么说,黄蔚妮还是念及交情的。照理颜小莉应该感动,甚至应该再洒下两滴涌泉相报的热泪。但这次也不知是怎么回事,她只觉得心里怪怪的。异样的感觉如芒在背,如鲠在喉,如九岁女孩郁彩彩膝盖里的暗伤,看不见,但却抹不掉。

心里的战争还在硝烟弥漫,颜小莉又想到了那天见到的两个男人,尹珂东和徐耀斌。

追击运狗的卡车时,除了黄蔚妮和她自己,在场的就是这两个人了。况且他们还是表现得最积极、最疯狂的,尤其在山路上,恨不得要把对手挤下悬崖方能后快。如果不是他们穷追不舍,卡车司机也就不会被迫以那么快的速度转弯,不会留意不到路边有人了吧?假如要负责任,尹珂东和徐耀斌比黄蔚妮还要难辞其咎。如此一想,颜小莉便再次燃起了希望,她掏出屏幕都磨花了的国产手机,划拉起电话本里的人名来。

只找到了尹珂东的。那天从昌平回到城里吃饭时,只有尹珂东还算活泛,并且和颜小莉互留了电话。而徐耀斌压根儿没理她,那副脸色,恨不得把她当成黄蔚妮家的小保姆了。趁着公司里的人都在忙,颜小莉躲进卫生间里,拉上隔扇，谨慎地按下了拨号键。

响了几声没通，片刻变成了"您所拨打的电话无人接听"，颜小莉只好挂了电话往外走。但才走到走廊，电话就响了起来，正是尹珂东的回拨。颜小莉赶紧冲回卫生间，重新把自己封闭在几张木板之间，像秘密接头一样"喂"了一声。

"小颜吧？有事儿吗？还是蔚妮有事儿找我？"尹珂东居然记得她。当然，这要拜智能手机发送名片的功能所赐。

颜小莉称对方为"尹主任"，首先为自己的冒昧道歉，然后又拿出了那天和黄蔚妮喝咖啡时的策略，试图从狗的事儿迂回到人的事儿上。她倒是好意，怕对方一时接受不了事实真相。

尹珂东却打断她："我刚开完一个会，又有几篇稿子要审，你还是有事儿说事儿吧。是不是狗找到了，要不就是狗死了？"

"跟狗没关系。"颜小莉吁了口气，尽量平静而郑重地把撞人的事情说了出来。

尹珂东果然沉默了，半晌才说："真的假的？我怎么没看见？"

"也许您正忙着开车，就没往路边瞧吧。但的确是真的，我还去了那女孩她们家……"

"你还去她们家了？"尹珂东低声叫了起来，"那你说什么了没有？"

"没有……"

"那还好。"尹珂东喘了口粗气，沉吟半晌，"这事儿是有点儿棘手。"

"所以我才来问您啊。"

"恐怕还得实地调查一下再说。"

尹珂东没有像黄蔚妮一样矢口否认并且置之不理，这就是一个好迹象。颜小莉立刻请他确定"实地调查"的时间。

当天又是周五，俩人便约好了周六早上见。第二天，颜小莉乘上地铁四号线，在宣武门换乘二号线前往崇文门外的幸福大街。北京几家有名的报社都在这一带。刚从地铁站出来，就在约定的路口看见了尹珂东的奥迪车。上车之后，尹珂东阴沉着脸，像是一只放冷了的金砖面包，嘴却不停不歇，反复询问着颜小莉所目睹的一切，就连她自己曾经坐的那辆黑车的司机是本地人还是外地人这样的细节都没有放过。这大概是新闻记者的职业习惯吧，颜小莉这样认为。

而半个多小时以后，当车越来越接近那天拐上山去的岔路口时，尹珂东就突然闭了嘴。他往前伸着脖子，歪着脑袋，朝道路的斜上方一个劲儿地打量。颜小莉提醒他，路口开过了，尹珂东却不搭腔，掉头向南再掉头向北，又是那么伸着脖子歪着脑袋，把两公里长的一段国道巡视了一遍，才终于驶出主路，往山上驶去。这次上山，他就把车开得极其小心了，简直是走走停停，奥迪车在陡峭的山路上反复"坡起"，发动机发出嗡嗡的吼叫。

接近出事的弯道时，颜小莉说："就是那里。"

尹珂东却停下了车，揉了揉因为一直保持着鹅的姿态而酸痛的脖子说："不用看了。"

"被撞的那个女孩家就在上面不远……"

"我说不用看了。"尹珂东嗓音浑厚地说,"我已经确认过了。"

"您确认什么了?"颜小莉狐疑地扭过头去。

"从岔路口到山上,一路都没有摄像头。"尹珂东说,"也就是说,没人知道我们曾经追车追到这里,更没人看到那天的事故——假如你说的是实话。"

原来尹珂东所说的"实地调查",指的是这个。那么他做得可真够缜密、真够专业的。颜小莉豁然睁大眼睛,惊诧地盯住对面那张白白嫩嫩的胖脸:"我说的当然是实话。"

"这可就不好说了。"

颜小莉的口气有了一丝恼怒:"您的意思是我在骗您?我为什么要骗您?"

尹珂东却和蔼地笑了,他把一只胳膊搭在奥迪车的门框上,换了个更加舒服的坐姿,然后用一种循循善诱的口气对颜小莉讲解起来:"小颜你别激动,我当然不是说你在骗我。我的意思是:一件事情到底有没有发生过,那是要由证据来决定的。警察办案得讲证据吧？没有证据不能乱抓人；对于我们做新闻的，证据就更重要，没影儿的消息胡乱发出去，惹出的乱子更大。我们甚至可以说，一件事如果没有确凿的证据支持，那么就相当于没发生过。你所说的那场车祸，其实就是这种情况。你硬说那天撞了人，但我怎么没看见啊？还有黄蔚妮和徐耀斌，他们怎么也没看见啊？可见主观证据本身就不够充分，更重要的是，客观的证据也不具备，那就是我刚才说的摄像头……"

"可那孩子断了一条腿呀，我亲眼见的，我亲耳听的……没钱治，孩子就残废了。"颜小莉打断他说。

听了这话，尹珂东似乎顿了一顿，能言善辩的嘴打起了磕巴。但他仍然像要把一篇发言稿念完似的，继续说道："小颜……你年纪还太小，社会经验不丰富，好多事儿你根本不懂。首先，有路就有车，这条路虽然偏僻一点儿，但来来往往的车恐怕也不止我们那几辆吧？天知道你说的那孩子是被哪一拨儿过路车撞到的。其次，就算跟我们有关，但直接撞到人的并不是我们之中的任何一辆车，而是那辆卡车，卡车司机才是第一责任人，可他现在人呢？没准儿早跑了！他才不会蠢到故地重游自投罗网的地步。再其次，如果我们承认了跟那起事故有关系，给那孩子出了治腿的钱，谁知道那家人会不会接着再要损失费、补偿金，那可就不是几万块钱的事儿了，而是十几万，没准几十万，这不就把咱们讹上了吗？我是做新闻的，这种事儿我听得太多了……"

颜小莉的心凉了下去，比原先听到黄蔚妮的矢口否认还要心凉。她再次打断他："你别说了。"然后拉开奥迪车的车门，跳下了车。

尹珂东往她这一侧探过来："你要干嘛去？"

"你自己走吧，我不想坐你的车。"

"你别太幼稚了好不好……"尹珂东的胖脸涨红了，眼神仍然躲着颜小莉，"你让我来不就是问我该怎么办的吗？现在问题已经解决了，你还有什么不满意的？"

颜小莉犯倔似的梗着脖子，侧过脸去不看

他:"把徐耀斌电话给我。"

"你要找他?行行,跟他说去也好,省得再来麻烦我……反正他有钱,高兴了随手就能甩给你几万。"尹珂东气哼哼地拉开汽车储物箱,拿出一张名片来,揉成一团扔过了窗户。

颜小莉弯腰捡起那团纸时,尹珂东的车子已经轰鸣一声,掉头往山下开去,扬起的尘土呛得她直咳嗽。她面无表情地展开名片,拿出手机,缓慢地拨了上面的号码。说实话,对于徐耀斌,她已经不再抱有什么指望了。那人给她的印象还不如尹珂东,更不如黄蔚妮,并且,谁知道他还记不记得自己这个人。

"谁啊?"徐耀斌的声音懒洋洋地传出来,周围还有嘈杂的音乐和喇叭鸣叫声。他大概在车里。

"徐先生,我们见过的。"颜小莉想了想,索性免去了自我介绍,径直问道,"一个多星期……确切地说是这个月的十号,星期六,您那辆保时捷的后视镜是不是被撞坏了?"

徐耀斌的声音警觉起来:"你什么意思?"

"我想告诉您的是,那天因为你们追车,还造成了另一起交通事故,有个小女孩被撞伤了,骨折,现在需要做手术……"

颜小莉像小学生背书一样,急切地交待着情况,但还没说到一半,就听见徐耀斌咯咯、咯咯地笑起来。她只好停下来,想等徐耀斌笑完。

徐耀斌却兴致勃勃地问:"知道我想对你说什么吗?"

"什么?"

"去你妈的,滚你妈的,操你妈的。"那男人欢快地、尖声尖气地曾经在网络上风行一时的"三妈体",随后咕咚一声,连电话都懒得挂断,就把手机扔到了一边。

他的车里有人问:"怎么回事?"

"现在的骗子真够敬业的,编瞎话都编得有鼻子有眼。"徐耀斌的声音模模糊糊地传出来,"连我什么时候撞过车都知道。"

"那肯定是跟汽修厂的人串通好了的。"旁边那人说,"你开的是保时捷,对于骗子来说也是优质信息。"

"操，以后不去那家修车了。"

"操。"

保时捷里的音乐声被陡然调高，震得电话另一头的颜小莉耳朵都疼了。她茫然地听了好一会儿那个名叫 fifty cents 的黑人满嘴脏话的说唱，才茫然地挂了电话，抬头望着远方空旷、苍凉的山景。

7

颜小莉沿着山体踽踽攀登。来了第三趟，路早已走熟了，心里想着哪里该有块岩石，哪里果然有块岩石，哪里该有丛酸枣树，哪里果然有丛酸枣树。至于那个急而陡，下面就是几米深的山沟的拐弯，更是还没望见就在心里估算出了距离。过了拐弯走上一条岔路，就是郁彩彩家孤零零的小院了。

走到院门口，颜小莉的心又揪了起来。她害怕看到女孩闪着一双大眼躺在小黑屋里的景象。然而来都来了,她无法过门不入。院子里还是那么寂静,郁彩彩她妈蹲在墙根的空地上,规整着一小堆蜂窝煤,背影像一只正在挖洞筑窝的穴居动物。煤大概是从山下的镇上买来的,这两年,北京的农村也推行了煤改气,但山上散落的人家仍是顾及不到的。颜小莉叫了一声"郁婶儿",女人回过头来,绽开了一脸的笑:

"老师又来啦。"

"正好路过,顺便来看看。"

"您太费心,又没教我们家孩子那个班……"

颜小莉瞥见门口的水缸盖上,放着一堆吃食:苹果橘子,两箱牛奶,还有巴掌宽的一条五花肉。她便问:"孩子她爸回来了?"

"哪有,还在山西呢。"郁彩彩她妈说,"来的是过去采石场的同事,说是跟着她爸干过两天。不过我也没见过。"

正说着,就从屋后走出一个人来。矮胖的身材,两手沾满了黑乎乎的煤渣,锅盖头下顶着一张被晒得斑驳陆离的娃娃脸。颜小莉一眼认出,是那天开运狗卡车的那个司机。

胖小子迎面撞见颜小莉,也怔住了。俩人紧张地对视,像一对心怀鬼胎的人正在用眼神互相试探。

郁彩彩她妈的心情却比那天见时爽朗了许多,她打了盆水来吆喝胖小子洗脸,又沏了一碗碎末状的花茶请颜小莉喝。他们懵懵懂懂地被这女人摆弄到屋里坐下,一个攥着毛巾,一个端着茶碗,连讪笑也挤不出来。

等到郁彩彩她妈又出去忙活了,颜小莉才对胖小子开口:"你怎么来了?"

"你怎么来了?"对方反问她。

颜小莉又问:"孩子的腿……你知道了?"

胖小子仍是反问:"你也知道了?"

"那天就看到了。"

"……我也是。"

屋里复归沉默。郁彩彩她妈洗了几个苹果送进来,又往外走去,说中午要给他们做饭,烙葱花饼:"家里半年也不来客,今天一气儿来了俩,我还占着手不能陪你们……你们聊,你们聊。"看着她去院外的一畦菜地里拔葱了，颜小莉才重新和那胖小子说起话来。她问对方叫什么。

"姓于，于刚，你就叫我小于得了。你呢？"胖小子说。

恐怕不是真名，颜小莉想。哪个无照驾驶的肇事司机会向目击者坦白姓名呢？但她又想起了尹珂东的分析：哪个肇事司机会蠢到自投罗网的份儿上呢？而这胖小子偏偏来了——只不过像她颜小莉一样隐瞒了身份罢了。

"我叫黄……莉。"颜小莉迟疑了一下，给了对方三分之一的真名。

俩人互相点了点头，仿佛知道了对方的称谓，心里就能踏实一些。然后不知是谁提议，他们一起站起来，走到偏房外，隔着一道半掩的木门看郁彩彩。女孩睡着了，头发披散在脸上，更衬得面无血色，嘴唇发紫。一条断腿还挂在从房梁垂下的布条上，随着呼吸的颤动吱吱呀呀地打晃。她睡得倒踏实，但看的人却越发心思凌乱：膝盖损伤，合金零件，三万块钱，拐腿……颜小莉仿佛再次看到了小时候的自己，一个处境更惨、运气更差的自己。她的心里忽然有什么东西豁然开裂，扯着那个自称于刚的胖小子回到院里，四下张望两眼，压低了声音问：

"我折子上还有六千，你有多少？"

于刚木然地回答她："我没了。"

"真没了？你别骗人。"

"真没了。我骗你干吗，要有钱我早给他们了。"于刚像受了污辱似的，气呼呼地说，"上次丢了客户的狗，老板扣了我两个月的工资……就算没扣也没用，离三万差远了。"

这句该是实话吧。颜小莉懊丧地用鞋底蹭着地面。除了懊丧，她心底还涌出一股厌恶的情绪，厌恶自己只是个前台，厌恶对面这个连驾照都没有的卡车司机，厌恶女孩郁彩彩必须得走几里山路才能到学校去。归根结底，她在厌恶他们共同的特点，那就是穷。而有了一个穷字打底，所有的纯良的、善意的、温情脉脉的东西都变成了自欺欺人。塞给女孩家人的那两百块钱是自欺欺人，摆在门口的肉和水果是自欺欺人，就连颜小莉和这个自称于刚的胖小子在此处不期而遇，也是自欺欺人。

这时，于刚却带着三分宣泄七分自怜，对颜小莉打开了话匣子。他说自己是赤峰人，两年前职高毕了业，就跟着堂叔出来跑长途，从内蒙往秦皇岛拉煤。那活儿很苦，堂叔开夜车时爱犯困，一犯困就拿烟头烫自己的胳膊。为了能有个人替手，他教会了于刚开车，路上碰到警察检查，俩人就赶紧把座位换过来。然而从今年年初开始，拉煤的生意突然不好做了，煤矿减产，连窑主都有破产上吊的，于刚的堂叔便把车一卖，回家开了个小卖部，却把于刚推荐到北京的一个朋友那儿，在一个物流公司当装卸工。没过多久，物流公司的老板发现于刚车开得不错，便开始在司机人手短缺的时候给他派活儿。当然，因为他没有驾照，跑的都是"安全系数相对高"的短途。这么干了几趟，本来平安无事，可终于还是在替一个狗贩子送货时惹出了事端。

"早就想考个本儿的,可工资都没发下来,也没钱上驾校……你们把我拦住,我怕招来警察就慌了,慌了就只想赶紧跑,跑就不知怎么跑上了那条路……转弯的时候,我从后视镜里看见撞上了人,但更不敢停车……后来的几天,天天晚上做噩梦。今天壮着胆子来了一趟,找人一问,才知道真撞了,还是个孩子……可我眼睁睁地看着她那条腿,就是不敢承认自己就是那个混账司机,有几次话都冲到嘴边了,愣给硬生生地咽了回去……我是不是没用啊?"

于刚说着,伸出一双与娃娃脸好不相称的长满了茧子的大手,攥住颜小莉的肩膀摇晃起来。一边摇晃,他一边重复着,鼻涕先于眼泪流了出来:

"你说我是不是他妈的没用啊?"

颜小莉却一发狠,霍地挣脱了于刚的手,还推了他一个趔趄。然后她像负气一样,掉头就往外走。走出院门,正碰上郁彩彩他妈攥着一把小葱几条黄瓜进来,问:"老师去哪儿?"她也不理,迎着无缘无故飞扬起来的尘土,直往山的更高处攀爬上去。她的步履飞快,喘着粗气,使得余光中的山石树木日光云朵颠倒着混淆成了一团,像小时候在邻居家看过的万花筒。这时她心里的念头只剩下了逃跑:既然没有财力应付那三万块钱的手术费,也没有心力面对郁彩彩的那条残腿,不逃还能怎么样呢?还在人家家里假惺惺地赖着干嘛啊?

人家黄蔚妮、尹珂东和徐耀斌能够高度理智意志坚强,她颜小莉为什么不能?她之所以留在北京,不就是打定了主意想要变成他们那样的人吗?

而太阳透过一棵树投下的光影一晃,她才发现自己想逃却逃错了方向。本来应该往山下去的,怎么倒走了上坡路?真是昏了头了。颜小莉揉了一把脸,有些疲倦地转过身来,却看见了于刚胖乎乎的身影。他一直不吭声地跟在颜小莉后面,这时才抬起胳膊,扬手向她打了个招呼。

于刚的脸色是尴尬的,或许还有一丝古怪的笑意夹在其中。他这么穷追不舍的,想要和颜小莉说些什么？是继续渲染自己的难处，求她千万不要把撞人的实情透露出去吗？或者干脆会威胁她，恐吓她，甚至于在这荒无人烟之处把她灭了口？

无论是报纸上的法制新闻还是电视上的警匪片，都有过这种熟悉的情节。颜小莉不禁心惊胆战起来，身上也发起了冷。真是一步错步步错，人要是昏了头，那就只能自认倒霉。

没想到，于刚的手臂挥动了几个来回，忽然指向了颜小莉身后，脸上的表情变得比颜小莉还要紧张："当心——"

颜小莉一凛，下意识地回过头去，看到一团毛茸茸的东西朝自己疾奔过来。那是一条狗，硕大而强壮，浑身的毛脏兮兮地打着绺。小时候被狗咬过的记忆立刻浮现了出来，颜小莉本能地尖叫了一声，但随即却发现那狗分外眼熟：一只成年拉布拉多，黄白相间，目光友善，脖子上挂着一条红项圈。那是社区叼飞盘比赛亚军的奖品。

"麦克黄！"颜小莉叫道。

麦克黄一跃半人多高，亲热地伸出舌头，在颜小莉的手上舔了起来。

8

那个计划在颜小莉的脑海中迅速成形，但她犹豫着，没有立即付诸行动。

那天他们还是回到小院儿，在树荫下吃了葱花饼。于刚毕竟是个小伙子，人又胖，所以尽管愁眉苦脸，却不影响饭量。他一人吃了脸盆大的一张饼，仍然眼馋似的盯着桌上所剩无几的两盘菜。郁彩彩她妈见状，忙叨着到鸡窝里去掏蛋，又把放凉了的饼端到饼铛子上去贴一贴。趁着这个空当，颜小莉用筷子敲了一下于刚面前缺了口的大海碗，指指在空地上奔跑撒欢的麦克黄，小声问：

"那天你把狗装上车的时候，有没有见过这一只？"

"狗都长一个样，我怎么记得清楚。"于刚摇头，但定睛看了两眼又说，"不过这只红项圈好像是见过的。老板还说这种狗一看就娇生惯养,如果不赶紧卖出去,没准儿会得病。"

那么麦克黄来历大概是弄清楚了,它还真是像尹珂东所说的,被狗贩子抓走,装上了于刚的那辆卡车。颜小莉记得卡车拐弯的时候,曾经把几只狗凌乱地甩出铁笼,落到了山坡底下去,麦克黄必定正是其中之一。而它不仅没有摔断脖子和腿,还能在山野里流浪了几天之后恰好出现在颜小莉面前,这不能不说是一个小小的奇迹。也许正如黄蔚妮所夸耀过的,拉布拉多就是聪明,无论是求生能力还是认人能力都比一般的狗强很多。

"你们就是为了它才拦我的车吗?"于刚突然又有点儿气呼呼的了,瞪了一眼麦克黄。

麦克黄对他也没有好声气,前腿伏地,低吼了两声。

颜小莉小口喝着水,嗯了一声没再说话。

这时,女孩郁彩彩也睡醒了。她一眼看到麦克黄,喜欢得不得了,虽然下不了地,但还是一个劲儿地逗它,还把葱花饼掰成小块儿丢出门外。颜小莉记得,以前麦克黄是除了某个牌子的进口狗粮之外什么都不吃的,但如今尝过了挨饿的滋味,别说是油汪汪的烙饼了,就是馊了的残羹剩饭估计也吃得下去。它使出了空中接飞盘的技巧,上下雀跃着,每次都能将食物稳稳接住。

郁彩彩她妈端着盘子出来,说了一声"糟践粮食",又伤感起来:"孩子跟着我们住在这个偏僻的地方,也没个玩伴,闷坏了,才会一大早往山下的学校跑……"

"那就把它在这儿留两天吧,反正是捡来的。"颜小莉说。

郁彩彩惊喜地问:"真的?我能给它起个名字吗?"

"我都起好了,就叫麦克黄。"

"干嘛叫这个?我本来想管它叫红脖子呢。"

"一看就是城里的狗,得起个洋气点的名字……我又姓黄。"

"那行,就跟老师的姓。"郁彩彩咯咯笑了,低头叫,"麦克黄。"

麦克黄熟练地汪汪答应了两声。

颜小莉却突然放下筷子,站起来起身告辞。于刚正往一张饼里卷着鸡蛋,看到她要走,也只好声称自己也还有事。郁彩彩她妈将他们送出好远,感激地叮嘱了几句"再来啊",才慢慢地走回家去。留下两人愣神回望着,倒好像客人反过来要送主人似的。

于刚突然闷声问:"狗你们不要了?"

"反正也不是我的狗。"

"那……咱们还来看孩子吗?"

"来,当然得来。"颜小莉回过神,不假思索地说。然后示意于刚掏出手机来,要和他交换电话号码。

于刚紧张起来:"你该不是要向警察举报我吧……我知道我错了,不该无照驾驶更不该逃跑,可我不能坐牢……我爹岁数大了,我娘身体不好,他们还指望着我供养呢。要不我赔钱吧,现在赔不起将来赔,找着工作以后每个月的工资先给郁彩彩寄一半……"

"你就算说到做到,可也远水解不了近

渴，到时候孩子已经残废了。"颜小莉呵斥了他一声，随后声音却和缓了下来，"看来你还真是不懂法——你跑不也是因为我们追你吗？算起来大家都有责任，谁都不是清白的。把你举报了我也得跟着交罚款，而且还得丢工作，我为什么要举报你？"

"那你要我的电话干嘛？"

"有事想让你帮忙，不过现在还不能告诉你。"颜小莉说完，抬头望了望连绵起伏的远山。她想，她应该和黄蔚妮再谈一次。

又是一轮工作日。头两天，颜小莉没有见到黄蔚妮。公司的项目进入了冲刺阶段，国外的大老板亲自督战，相关人员都被关进了郊区的一家酒店。到了第三天，听说合同签了，百十号人一齐松了口气。等到做项目的人回来，开香槟的开香槟，摆花的摆花，比过节还要热闹。颜小莉站在前台，不住地往办公区里面打量。

令颜小莉出乎意料的是，她还没找去黄蔚妮，黄蔚妮倒先来找她了。中午公司包了家"金钱豹"举办庆功宴,颜小莉正端了盘子在角落里默默地吃,就看见黄蔚妮一边接受着同事们或真心或酸溜溜的祝贺,一边迈着相当招摇的步子朝她走了过来。两人对视了一眼,颜小莉固然有些尴尬,毕竟已经有日子没见过黄蔚妮的笑脸了。黄蔚妮却春风满面,不由分说地坐在颜小莉的对面,以闺蜜的口吻娇嗔地抱怨:

"这两天累死了。"

"您应该多休息……"

"就是个劳碌命。"黄蔚妮耸了耸肩,突然朝颜小莉凑近了两寸,"你找过尹珂东了?"

黄蔚妮的态度竟然来了个一百八十度的转变,主动谈起那件事了。颜小莉惊奇地迎着对方的目光,点了点头。

黄蔚妮继续问:"你还带他去了山上?"

"蔚妮姐,我不是成心要捣乱……"

"这个我相信。可你有没有想过,你那么做给我带来了多大的麻烦?麦克黄丢了,我心里本来就已经很难过了,公司的那个项目又忙得焦头烂额的。你倒好,不给我解忧,反而还尽给我添乱。"黄蔚妮既撒娇又责怪地嘟起了嘴，"颜小莉，咱们不是朋友吗？我对你也还算不错啊。"

"这个我明白……"

"但你表现得可不像个明白人啊。"黄蔚妮轻叹了口气，忽然握住了颜小莉的手，声音是动情而且娇滴滴的，"算人家请你帮个忙，那件事儿就这么过去了行么？我不希望它影响咱们俩的关系，也不希望它影响到你的我的还有别人的生活。"

颜小莉和黄蔚妮对视着。黄蔚妮的眼睛清澈活泼，眸子明亮，眼角没有鱼尾纹，今天带了蓝色的美瞳，配合着富有立体感的脸型，呈现出异域美女的风情。她有多大岁数了？对于这个问题，公司里流传着各种说法，有人说都快"奔四"了，有人说才二十五六。而黄蔚妮最让人佩服的本事，就是能用她那明星级别的保养和演技来掩饰年龄。在颜小莉看来，她有时干练冷酷得像个饱经沧桑的成人，有时又天真烂漫得像个未经世事的孩子，并且该干练冷酷的时候干练冷酷，该天真烂漫的时候天真烂漫，分寸时机拿捏得炉火纯青，分毫不差。这就叫"人精儿"，快成了精的人。

而现在的黄蔚妮处于哪一种状态呢？大概是两者之间的过度环节吧。或者说，她想用天真烂漫来掩饰自己的干练冷酷。

但颜小莉却不能任由这场对话再被黄蔚妮主导了。时间有限，机会难得，她一定要把该说的都说清楚，否则黄蔚妮长袖善舞完了，心里受折磨的还是自己。

于是她突然问："到现在，您还确信自己什么都没看见吗？"

"看见什么？"

"就是救狗那天，在山路拐弯的地方……"

黄蔚妮却笑了，随即打起了机锋："这跟相信不相信没关系，也跟看见没看见没关系。"

"怎么可能没关系……就算你没看见，我可看见了！"负气的感觉又在颜小莉的心里翻涌起来，她平放在桌上的两手不自觉地攥成了拳头，几乎无法在这人来人往的环境中压抑住自己的声音,"不仅看见了,而且全都证实了!那可是一个活生生的孩子,才九岁,因为车祸,她的腿很可能会落下残疾……你们对狗都可以饱含深情,为什么对人却能漠不关心?蔚妮姐,这可就是良知的问题了。"

说出最后一句话的时候,颜小莉为自己的态度而心惊,但居然也有几分豪壮的快意。那么黄蔚妮会作何表示呢?她是会拍案而起,还是会以嘲弄的态度反唇相讥?在公司里,黄蔚妮的那张嘴可是从来没吃过亏的。但这一次,黄蔚妮却半天也没开口。她只是静默地看着颜小莉,忽然浮现出一丝苦笑来。接着,她站起来,对颜小莉说:

"到外面去吧……既然挑明了,那就索性说清楚。"

说完起身就走,步履飞快。颜小莉的膝盖像条件反射,将身体弹了起来,跟随黄蔚妮走出了餐馆大厅。俩人穿过曲折的走廊,来到一片空无一人的天台上。十层楼上的回旋气流立刻将她们裹挟了进去,耳边呼呼尽是风声。

黄蔚妮一直走到水泥护栏边上，才突然转过身来，拢了拢凌乱的头发，对颜小莉重新开口："那天卡车撞人，我也看见了。"

颜小莉如同挨了一锤，脑袋里浩大地轰鸣一声。黄蔚妮看见了撞人这件事，她以前也有过隐隐的猜测，但却无法确认，更没想到对方会毫不遮掩地对自己坦白了出来——语调还是如此平静。

这反而令颜小莉措手不及了："既然看见了，那您为什么要装成什么事儿也没发生……哪怕和我再到山上去一趟也好啊。"

"去干嘛？承认我们就是那起事故的罪魁祸首？你对我倒够大义凛然的。"黄蔚妮从鼻子里冷冷地哼了一声，"可听尹珂东说，你自己不也没承认吗？"

"那是因为我……没钱。但那些医疗费对你来说根本不是大数目，你一个包儿不都要两万多吗？"

黄蔚妮却像刚认识颜小莉一样，又仔细盯了她一眼："颜小莉，你是真傻还是假傻啊？"

"我不懂您的意思……"

"不懂没关系，我可以告诉你。你刚才不是提到了那个什么——良知吗？那好，咱们就说说良知。"黄蔚妮的脸完全阴了下来，彻底变成了那个干练冷酷的黄蔚妮，"颜小莉你得知道，良知这玩意儿也是有价码的，而且对于每个人来说，标价都不一样。对于你来说无非是几万块钱的事儿，但对于我来说，良知的价码就要高得多，已经不是区区一点儿医药费和赔偿金的问题了。我在外企干了十多年，换了几个公司，为了工作连婚都没结，一步步地从小业务员干到了副总监，完成这个项目之后马上就要升总监成为合伙人了——那么好，假如我如你所愿，在这个节骨眼站出来把这事儿扛了，而那家人又知道了我的背景我的身份，他们会不会要求我负担更多的责任？他们会不会到法院起诉我危险驾驶，到公安局举报我肇事逃逸，再到网上去诉苦，煽动一群好事之徒来人肉我？而你也知道，咱们这种外资公司，从来是看重社会形象的，如果真闹到那一步，我的事业不就完了吗？这么高的价码我也负担不起啊。"

颜小莉无言以对。道理从黄蔚妮的嘴里讲出来，的确是情有可原、无可争议。不仅对于她，对于尹珂东和徐耀斌也是如此——假如那两个男人也看到了车祸的一幕的话。都说光脚的不怕穿鞋的，但人一旦穿上了鞋，从此最怕的就是打赤脚了。颜小莉不得不承认，自己并不比黄蔚妮他们"有良知"到哪里去，她只是还没得到什么也就无法失去什么，因此尚未具备人家的深思熟虑与高度理性罢了。

那么，她打算理解黄蔚妮、体谅黄蔚妮了吗？但黄蔚妮再有苦衷，比起马上就要落下永久残疾的郁彩彩来说，又算得了什么呢？黄蔚妮身上没有皮肉之苦，郁彩彩受的却是骨髓之痛。尽管没有黄蔚妮的话，颜小莉就得不到眼下这份工作，尽管黄蔚妮是颜小莉留在北京后交上的唯一一个朋友，但在黄蔚妮和郁彩彩之间，颜小莉只能选择后者。

她似乎无法控制自己。

于是颜小莉对黄蔚妮摇了摇头:"蔚妮姐,再大的理也大不过天理,再重的事也重不过人命啊。"

黄蔚妮脸上的温度已经降到了冰点:"颜小莉,你这人也太轴了。"

"不是我轴,是我实在看不下去……"

"看不下去的事儿多了,但你还是先想想你自己吧。"黄蔚妮强挤出一丝笑来,"顺便再跟你透个底,这次项目做下来之后,公司的业务会发生很大变化,以前的总监将要派驻上海,销售部会由我来具体负责,并且还要补充新鲜血液——趁这个机会,我可以把你招进来……"

从前台变成销售,这可谓是一步登天。如果是在几天之前听到这个消息,颜小莉一定会感恩戴德得恨不得把自己的心肝儿都掏出来,热气腾腾地捧给黄蔚妮。但现在,她看着对面那张漂亮得像假人似的脸,却读出了另一种意味。黄蔚妮的笑容似乎是诚恳的,但同时又是胸有成竹的,她仿佛看穿了颜小莉:你想要的不就是这个吗？你装腔作势满嘴良知之类的大词儿，不就是等着我开出一个价码来吗？

颜小莉的嘴唇发抖："你收买我？"

"也可以这么理解。"黄蔚妮毫不避讳。

颜小莉脑袋发晕，一股饱受侮辱的悲愤涌了上来，转化成表情却是充满挑衅的鄙夷："黄蔚妮，我看不起你。"

也正是这句话，让黄蔚妮彻底丧失了冷静。她的整张脸都扭曲了，右手扬了起来，像风中干枯的树杈一样挥舞，仿佛随时会一巴掌抽在颜小莉脸上。但她最终没有打下来，只是用手指指着颜小莉的鼻子说："看不起我？你有什么资格看不起我？别忘了，你的工作相当于是我给的，没有我，谁知道你在哪儿混着呢，没准儿都到燕莎桥底下站街去了！亏我还把你当朋友，你这时候倒跟我摆起谱儿来了！我算是看透了你们这种人了，就是蹬着鼻子上脸，要钱没钱要地位没地位还特迷恋于站在道德的制高点上俯视别人——颜小莉你装什么大尾巴狼啊你？你配吗你？"

黄蔚妮的话音清脆急促，在颜小莉听来，犹如成串儿的玻璃器皿噼里啪啦地坠落、碎裂。至此，她终于和她感激的、崇拜的、想要变成对方那种人的黄蔚妮翻了脸，恩断义绝。但颜小莉却并不为此痛心，她只是忽然发现了一个事实：在黄蔚妮的眼里，"我们这种人"和"你们这种人"从来都是分得很清楚的，就像北京的昆玉河与她们家那条饱受污染的臭水沟一样，永远不可能合流。那么黄蔚妮当初帮助自己，除了培养一个听话的小跟班之外，或许也是为了通过施舍来满足她那高高在上的优越感吧？

"我不配……但我知道人要为自己的行为负责。"颜小莉犟嘴似的回答。

"那你自己去负责吧，你高尚你伟大行了吧？"黄蔚妮甩下颜小莉，回身就走，走了两步突然又转过头来，"但别以为你的话就是有用的。尹珂东已经保证路上没有摄像头了，所以即便你把事情全都抖出来，我们也不会承认那天追过卡车更不会承认卡车撞到了人！徐耀斌家开的那个度假村会给我们作证，说我们那天上午去他们那儿烧烤了，动物保护中心的人也是尹珂东的朋友，他们不会告诉警察那车狗的信息是我们提供的——你想一个人跟我们所有人作对吗？先掂量掂量自己的斤两吧。"

敢情人家早就串通过了，而且做好了应付"最坏情况"的打算。另外，虽然黄蔚妮没说，颜小莉这份前台的工作恐怕也干不了几天了吧。到了月底，那个本来就得罪过的上司一定会趾高气昂地来通知她走人。颜小莉听着黄蔚妮的高跟鞋声咯噔咯噔地消失在天台尽头，惨然笑了一声。这可是你们逼我的，蔚妮姐，颜小莉想，你们把所有的路都堵死了，除了执行那个计划，我再也拿不出别的办法来了。

颜小莉又回忆起了女孩郁彩彩那张苍白的脸。她希望以此为激励，让自己把事情做得更绝一点儿，更理直气壮一点儿。

9

先看到那段视频的并不是黄蔚妮，而是她手下一个姓齐的销售代表。那人四十多岁，前两年刚在北京买了房，又被房贷压得透不过气来，头顶上的毛发都剩不下几根了。人一旦压力过大，就会染上一些令人费解的癖好。老齐不抽烟不喝酒，专爱在网上看一些重口味的、暴力的内容，尤其以虐待动物的为主。什么"大皮鞋踩小白兔"、"微波炉烤猫"、"活剥水獭"，类似的东西塞满了老齐的网页收藏夹，只要手头没事，就会打开来偷偷看上两眼。

这种人当然遭受了以黄蔚妮为代表的动物保护主义者的集体排斥，但老齐却也振振有词："那些事儿又不是我干的，我就是批判地看看，这也不行吗？"而这天中午吃完饭，销售部的人都围在新任总监黄蔚妮的身边聊天，只有老齐偷偷溜到办公桌前，打开了电脑，点开了一个链接。嗷嗷乱叫的声音立刻传了出来。

"你再看这些玩意儿的时候别出声行不行?"一个女孩抗议道,"午饭都快吐出来了。"

老齐倚老卖老地哼了一声,不情愿地插上耳机。然而没过一会儿,他嘀咕了一声:"怎么看着那么眼熟啊?"

因为戴了耳机,他的声音格外大。便有一个胆子大点儿的女孩好奇地凑了过去:"你又看什么恶心东西呢?"

她在电脑前扫了一眼,立刻哇地大叫一声,然后转过头来:"麦克黄……蔚妮姐,麦克黄!"

黄蔚妮跑到老齐的电脑前,脸色随即变得煞白。进而,她的两腿开始发抖,一屁股坐在了旁边的转椅上。

屏幕上是一只拉布拉多,浑身上下这儿一块儿那一块儿的污痕,只有脖子上的那条红项圈还算鲜亮。它的四条腿都被绑得结结实实,嘴上带着专用的口罩,一只粗壮的、生满老茧的手从镜头外伸了进来,扯起一条狗腿,按在一张木板上，另一只手拿出一根又细又长的钉子，对准狗爪子。

所有人胆战心惊地屏住了呼吸。一个女孩说："别……别！"

当然没人听她的，几秒钟之后，一只锤子抡了下来。钉子穿透了狗爪子，钉进木板。

然后，又是第二根钉子，还是那只爪子。老齐也不知出于什么心态，这时突然拽下了耳机，于是麦克黄的哀鸣充满了整个儿办公室。黄蔚妮半张着嘴，急促地喘息起来。

屏幕上的酷刑仍在继续，开始钉另一只爪子了。看来那个没有露脸的、手臂粗壮的男人是想把它牢牢地钉在木板上，做成一只会叫会动，只是不会走的活标本。被钉了两根钉子的爪子果然紧贴着木板无法离开，脚趾缝里流出了殷红的血。

随着黄蔚妮一声抽泣，有人赶紧抓过鼠标关了视频。大家看见，这段视频名叫"令人发指！这样对待流浪狗惨无人道！"仿佛加上一个义正词严的标题，网站就可以放心大胆地得用这种内容博取点击率了。

那天下午,黄蔚妮声称身体不舒服,连一个重要会议都没开就请假回家了。隔了一天,她才脸色憔悴地出现在公司,而同事们虽然围过来嘘寒问暖,但都带着一副讳莫如深的表情。尤其是那个老齐,讪讪地躲着黄蔚妮的眼神,但又好像有什么话不得不说。

等到黄蔚妮打开电脑,就瞒也瞒不住了。新的一条虐狗视频登上了她常用的那个邮箱网站的首页,题目是:"活拔狗牙,人性何在?"

这段视频的主角还是麦克黄。它的四只爪子已经被钉死在了木板上,浑身的关节中只剩下脖子可以扭动。仍然是那双粗壮的、长满老茧的手,夹着它的脑袋,硬掰开它的嘴,把一只锈迹斑斑的老虎钳子伸了进去。一扭两扭,伴随着咔吧一声脆响,一颗弯钩状的犬牙便淌着鲜血,活生生地拔出来了。

麦克黄的眼泪,从它那小姑娘一般纯良的大眼睛里滚了出来,黄蔚妮的咖啡杯随之落在了地上。

接着，她猛地弯下腰，对着废纸篓声势浩大地干呕了两声。当黄蔚妮抬起头来，精致的脸上已经挂满了眼泪以及其他别的什么汁液，她掏出手机，拨了个号码，当着办公室所有人吼叫起来：

"尹珂东吗？你他妈的一定要把那段视频的罪魁祸首找出来，我要把他千刀万剐！你再告诉徐耀斌，这件事儿你们俩谁办成了，我就陪谁睡觉！你们一天到晚死皮赖脸地跟我这儿起腻，为的不就是这个吗？"

然后身体像没了骨头，缓缓地顺着办公椅滑了下去，嘴里已经开始胡言乱语了："麦克黄，妈妈来救你了……妈妈又自私又没用，所以才会把你丢了落到坏人手里……"

见黄蔚妮简直要有精神失常的迹象，公司的人赶紧冲进她的办公室，掐人中的掐人中，灌凉水的灌凉水，又有人给大楼里的医务室打电话。直折腾了一个上午，连隔壁办公室的外国人也惊动了。本着人道主义精神和狗道主义精神，老板当场给黄蔚妮放了长假，允许她"什么时候解决了自己的问题，什么时候再来上班"。

这相当于刚升了职就自动"靠边站"了。围绕着黄蔚妮那十几张殷殷关切的面孔底下，谁知道藏着多少庆幸以及蠢蠢欲动的心思。

而正是这一天，公司里还有一个不显眼的小人物提出了辞职，那就是颜小莉。

那两段令黄蔚妮魂飞魄散的虐狗视频当然和她有关，而且还是她和于刚两人亲手拍摄，再上传到一个重口味论坛上的。麦克黄的哀鸣至今还在她的耳边回荡呢。把辞职信递到上司办公桌上时，颜小莉紧张得像被人掐紧了脖子，连气都喘不上来了。她生怕别人看出自己那双死鱼一般的眼睛里流露出的心虚和恐惧。然而没人在意她。颜小莉和黄蔚妮闹僵了的事实，身边的人都看得一清二楚，没有了唯一的靠山，谁都知道她待不长。自己走还算识相的，要是等到被撵走，那就丢人丢大了。

要收拾的东西不多，凌乱地塞进一只帆布书包，就算把位置腾了出来。走出公司坐电梯下楼的一路上，也没人跟她打招呼，甚至没人多看她一眼。颜小莉站在玻璃外墙大厦的门口，远远地看着黄蔚妮被人护送上了一个同事的车，这才走向大街，隐没在公交站牌底下南来北往熙熙攘攘的人群中。

她没回大兴的住处，而是换了两趟车，过了中午才赶到山上的小院儿。进了门，颜小莉把专门在路上买的一包吃食放在地上，和女孩的妈聊了两句，便进屋来看郁彩彩。郁彩彩仍然下不了地，但前两天刚被于刚背到医院做了复查，腿上的石膏换了层新的。她静静地躺在床上，脸上浮现出与年龄不相称的忧愁神色。

颜小莉捧起床头的课本，本想尽一尽"老师"的义务，女孩却突然问："麦克黄还好吧？"

"还好……"颜小莉把脸藏在书里，"上次领它走的时候，不是告诉过你，已经找到它的主人了吗？"

"北京那么大，怎么找到的？"

"上网啊。丢了狗的人肯定着急，我们在网上把消息一发布，人家自己就联系过来了。"

"可惜它吃不上我妈烙的葱花饼了。"

"人家那种狗,都是吃进口罐头的。"颜小莉不自然地笑了笑,"放心吧,它的日子过得可滋润了。"

女孩果然欣慰地点了点头,突然又问:"我的腿会瘸吧?"

"你别听人瞎说。"

"医生说的。检查的时候,我听见他在催我妈,说再不做手术就耽误了。"

"你妈说什么?"

"我妈什么也没说。"

颜小莉摸了摸孩子的脸:"耽误不了。一个小手术,一点儿也不疼。"

小屋门外的天空里,大团流云正被南风催赶着,朝山的另一边涌去。

这天回城的路上,被颜小莉调到最大音量的手机终于响了一声。是于刚发来的短信。出于谨慎,自从开始执行那个"计划",她就要求对方只用短信跟自己联系了。于刚待的地方人多眼杂,他又是个响亮的破锣嗓子,保不准哪句话就泄露了行踪。

第一条短信的内容简介：他们找上我了。

颜小莉回信：怎么说的？

随后这条就要详细一些：刚开始威胁要报警，我说那你们就等着给狗收尸吧；然后他们主动提出要把狗赎回去，问怎么联系我，还问要多少钱。

颜小莉回道：把我给你买的那个新手机的号码告诉他们，别在网上聊了。

公交车绕着四环路，开到大兴，才一进门，短信就又响了。仍然是于刚：打电话了。

你没被听出来吧？颜小莉回信问道。

没有，我捏着鼻子说话的。于刚说。

跟你说话的是那个女的吗？

是个男的，大粗嗓子。

果然是尹珂东。颜小莉的心沉了一沉：要是徐耀斌的话，或许更容易对付一点。但事到如今也顾不得许多了，她给于刚发短信：怎么说的？

没怎么说，就是谈价钱。我按照你交代的，

要三万。他说贵,我说那就算了,我们杀狗。他说要再商量商量。

让他们商量去。颜小莉回道,他们肯定会答应。

发完这条短信,颜小莉出门买了份快餐,细嚼慢咽地吃了,等到室友把卫生间空出来,又进去仔细洗了个澡。一切忙活完,已经晚上九点多了。平常的这个点儿,她大都会歪在床上看看杂志,或者到客厅和大家一起追两期综艺节目。但今天,这些娱乐都无心进行了,她打开自己那台嗡嗡乱响的老款笔记本电脑,点开了最近一条虐狗的视频。

视频底下,已经跟了上千条留言,网民们的言辞何止是谴责,简直把做那种事的人的祖宗八代都骂遍了。还有人信誓旦旦地宣布,如果虐狗者被他们抓住,就要以其人之道还治其人之身,也施以钉手、拔牙等等酷刑。进而又有人分析,这起虐狗事件的实施者一定是比前些日子虐猫、虐兔子的那几个女人更加心理阴暗而变态,因为他们甚至不敢在网上露出真面目，这说明其目的不是为了宣泄情绪，而是折磨公众的神经。

这就有点儿过度阐释了，颜小莉针对的并不是什么虚无缥缈的"公众"，仅仅是黄蔚妮一个人而已。至于不露面，也是因为根本没那个必要——黄蔚妮或者尹珂东只要在网上查找出最先发布那两段视频的论坛以及登陆账号，就可以和守候在城市中某个网吧里的于刚取得联系。随后的事态进展，果然和她所料想的一样，威胁、谈判、互相试探，并将最终以颜小莉这一方一口咬定决不让步的那个价码成交。

手机上的时钟跳到了十一点，于刚又发来了短信：他们答应了，说明天就要见面，一手交钱，一手交狗。

颜小莉回他：让他们中午十二点到亮马桥东北角那幢写字楼的停车场地下三楼。

那地方离于刚所在的位置不远。黄蔚妮大概绞尽脑汁也猜想不到，麦克黄就关在她公司斜对面那幢老旧住宅楼的地下室里。而颜小莉之所以这样安排，是为了避免于刚带着狗上街赶路，碰巧被看过那段视频的人认出来。

二十分钟后，于刚发来了最后一条短信：你确定要这么干？

颜小莉回他：开工没有回头箭。

然后她和衣躺在床上，枕戈待旦。那个计划虽然早在脑海中有过一闪念，但真走到这一步，还是让颜小莉有了不可思议的感觉。她甚至觉得生活是神奇的、疯狂的——短短的几天之中，她经历了"速度与激情"式的飙车，拒绝了一个让人眼馋的职位，眼下又摇身一变成为了一个变态虐狗狂，一个勒索犯了——而且还是那种"有组织、有预谋"的犯罪分子。

这还得感谢麦克黄。如果不是它在恰好的时间出现在了恰好的地方，颜小莉实在不知道事情该怎么了局。假装什么都没发生过吗？她明白自己做不到。如果郁彩彩的腿就此残了，也许颜小莉一辈子剩下的时间都要伴随着噩梦度过。她还年轻，不想也不敢背负与一个孩子一生相关的心理包袱。那么豁出去了，向警察自首并举报那天救狗行动的所有参与者呢？假如那些人真像黄蔚妮所说的那样集体串供、矢口否认，那么在拖延和扯皮的过程中，背负责任的只剩下了于刚这个身无分文的傻小子。把一个走投无路的人再往绝境里推一把，这种事儿颜小莉也做不出来。

但现在，颜小莉找到了一条在夹缝中突围的小径。虽然事情的面目变得邪恶而惨烈，并且闹到了满城风雨的地步，但她也只能走一步算一步。

那夜因为失眠，睡得很晚，第二天一睁眼，已经九点多钟了。颜小莉爬起来，草草吃了几口面包，在十一点之前到达了公司大楼。她进门之后拐进了安全出口，沿着逼仄、潮湿的楼梯连下三层，来到了那片处于大厦最底层的停车场。因为消防设施不达标，这里自打建成以来就没有投入过使用，而接近正午时分，头顶的两层也不会有什么人停车或者开车出去，地点和时间都有利于悄无声息地完成她的计划。

颜小莉到了一会儿，于刚才背着一只塑料绳编织而成的大号麻袋出现了。他得趁着大厦保安们去吃饭时绕过门岗，把麦克黄搬运进来。麻袋鼓胀胀的，不时耸动一下，可见是活物儿，但因为把嘴捆住了，叫不出声响来。麦克黄，你受委屈了。颜小莉无声地拍了拍它。

于刚从怀里掏出两只滑雪帽，分给颜小莉一只。俩人带上，看着对方蒙住了整张脸只露出两只眼睛的模样，扑哧笑了。

"怎么跟电影里的银行劫匪似的……"

"也像绑架分子。"颜小莉说，"干什么事儿就得有什么样。"

然后，两个有模有样的反面角色一起抬起麻袋，将它搬到停车场把角的一根水泥柱子后面。从那里，可以大致看清整个儿停车场的概貌，同时不容易被别处的人发现。然后他们背靠着柱子坐下来，谁也不再说话。

长得像一个星期似的一个小时慢慢流逝。还差几分钟就要到十二点的时候，脚步声在停车场里回荡起来。颜小莉侧头窥探一眼，看见一个高而胖的男人走在空空荡荡的水泥地上，一边走，一边掏出打火机点了颗烟。火光照亮了尹珂东白白嫩嫩的脸,他的手上还拿着一只超市的购物塑料袋。

颜小莉捅捅于刚,后者从滑雪帽下发出深重的喘气声,霍地站了起来,从水泥柱后面绕了出去。

两个男人在阴暗的光线里逐渐接近,相隔不到两米时几乎一齐站住,相视而立。许多警匪片的结尾都是在这样俗套的环境俗套的氛围中上演的,但正因为是俗套,紧张的情绪才在各自的心中得到了加倍的渲染。尹珂东与于刚像头一次见面一样互相打量着,刺探着对方的眼神。

过了半晌,尹珂东才开口了:"帽子这么厚,热不热啊?下次换丝袜吧。"

为了不暴露声音,于刚必须掐出一副假嗓子,这使他无法像对方一样通过废话来缓解情绪、增强气势:"钱呢?"

尹珂东扬了扬手里的塑料袋:"狗呢?"

"先看钱。"

尹珂东嗤笑一声,敞开袋口,露出方方正

正的几叠百元大钞,复又紧紧攥住:"把狗带过来吧。狗要是死了,你们一分钱也拿不到。"

于刚没再说话,转身走回水泥柱子后面。他朝颜小莉点了点头,单手拎起犹在无声耸动的麻袋,肩膀向右倾斜,颇为吃力地走回尹珂东所在的方位。

终于走到最后一步了。只要交接完成,即可万事大吉。

停车场里忽然响彻一声哀鸣,是狗叫,凄凉而悲惨。难道口罩绑得不够紧,被麦克黄挣脱了吗?

随即,一个女人尖利的声音传了出来:"麦克黄!"

伴随着一人一狗的两声惨叫,颜小莉听到了更加浩大的声音:奔跑声、咒骂声、棍棒与地面的摩擦声……几条黑影从停车场的楼梯间中蜂拥而出。领头的是徐耀斌,他挥舞着孱弱的瘦胳膊,在两名剃板寸戴金链子的壮硕男人的簇拥下勇猛无比,两眼放光地朝于刚扑过来。

颜小莉从水泥柱子后面跳出来，大喊："快跑！快跑！"

为时已晚。对方人多，又早早堵死了唯一通向地面的出口，跑是跑不掉的。先引蛇出洞再一网打尽，这样的战术也是尹珂东与徐耀斌他们早就有所计划的吧？颜小莉不得不绝望地承认，自始至终，她都身处在一个不对等的游戏之中。虽然她自以为戳到了对方的痛点，但不论是在财力、智力、人力还是意志力方面，她和于刚"这种人"都处于绝对的下风。

场面混乱但又毫无悬念，于刚慌里慌张地东逃西窜了几个来回，轻易地被按倒在地。紧接着就是一顿气势汹汹的、充满了正义性的群殴。徐耀斌等人把他的脑袋牢牢地按在水泥地上，胳膊反剪到背后，令其动弹不得，同时用拳头捣他的肋骨，用皮鞋踢他的大腿，还用木棍对他施以杖刑。一边打，一边像喊劳动号子一样宣誓：

"虐待动物，天理不容！"

"没有人性，不配做人！"

"打死偷狗贼,打死勒索犯!"

"狗狗是人类的好朋友,是人类的亲人!"

颜小莉闭上眼,不忍再看像沙袋一样闷声不响的于刚。然后,她只觉得肩头一紧,两脚悬空,就那么蜷缩着,被人像捉小鸡一样从角落里拎了出来。

再睁开眼时,四周都是人腿。她歪在地上,看着一双纤细的、踩着高跟鞋的女人的脚从远处缓缓而来,步履轻盈,姿态优雅。不管是女侠、女王还是女神,都要选择最恰当的时刻登场,从而保证她的光芒童叟无欺地照耀每一个人。

人们给黄蔚妮让开了路,她低着头,面无表情地盯着头戴滑雪帽的颜小莉。一侧的于刚又挨了两脚,终于吭吭叽叽地哭出声来。

"这时候装起可怜来了,你想过被你们虐待的狗有多可怜吗?"徐耀斌作势又要抬腿。

"别打了。"黄蔚妮说。

"我就是气不过……麦克黄都被他们折磨成什么样了。"

"打人也解决不了问题。"黄蔚妮似乎有点烦躁地呵斥道。她的冷静让其他的人叹服:以暴制暴,这不就把我们这些爱狗人士的档次降低到和虐狗的人一样了吗?这就是情怀这就是素养这就是境界。

"那这事儿怎么办?把他们送公安局?"徐耀斌问。

一直在旁边深沉地冷笑的尹珂东突然开了口:"公安局当然是要送的。不过我想,在报警之前,我们还有一件事要做,就是用手机把这两个人的真面目拍下来,也上传到网上去。我们得让网民都知道,麦克黄被我们营救出来了,而且残害它的罪魁祸首也被绳之以法了……"

他的提议立刻得到了赞同,有几个人已经掏出了手机:"对于这种人,就应该把他们曝光,让他们遗臭万年。"

于刚挣扎着扯住脸上的滑雪帽,哭得更响亮了。颜小莉却呆滞地昂着头,长久地与黄蔚妮对视着。她突然从黄蔚妮的眼里发现了某种极其复杂的、一言难尽的况味：愤怒、嘲讽、迷惑、伤感、心如死灰……

一只手抓住了她头上的滑雪帽，刷拉一声，真相大白。参加过第一次营救麦克黄的人全都愣住了。

黄蔚妮却丝毫没有惊讶的神色，她慢慢地蹲下来，一寸一寸地贴近颜小莉的脸，直到两人都可以清晰地看到对方眼珠中自己的投影，然后才说："我早就知道是你。"

颜小莉咬了咬牙，沉默不语。

黄蔚妮继续说："你辞职的时候我就猜到了。在公司楼下，你根本不敢看我的眼睛。也只有你才会挑选这样一个地方来让我们交钱。"

颜小莉仍不说话。

黄蔚妮的声音却突然嘶哑了，眼角几乎开裂，想要迸出血来。她一把攥住颜小莉的衣领，猛烈地摇晃着她叫道："你为什么要这么干？你只要直接告诉我麦克黄在你手上不就行了吗？不就是想要钱吗？我会给你的，要多少给多少！你干嘛要虐待它？想通过这种事儿来折磨我吗？那我告诉你，颜小莉，你的目的达到了,现在你可以满意了吧！但麦克黄有什么错？它招谁惹谁了？它比你比我比所有的人都要善良得多，你不也标榜过善良标榜过爱心吗？现在瞧瞧你干的事儿，简直不是人，是魔鬼！"

黄蔚妮的表现把所有人都惊呆了，他们看着这个突然之间情绪失控不能自已的女人，居然比看到那两段虐狗录像的时候还要心惊胆战，手足无措。他们也不知道应该上来安慰她，还是和她一起同仇敌忾地指责颜小莉。然而颜小莉的表情却越来越平静，越来越安宁，嘴角甚至滑出一抹近似于笑的表情来。

"她他妈的还挺得意……"不只是尹珂东还是徐耀斌嘟囔了一句，因为声音太低，连粗嗓子和细嗓子都难以辨别了。

颜小莉握住了攥在她领口上的黄蔚妮的手，轻轻一拉，那双手就松开了。她慢慢地站了起来，动作优雅，仪态端庄，像极了当初毫无预料地走到她身边的黄蔚妮。颜小莉想，黄蔚妮说得没错，如果只是想要钱，那么只要发两副麦克黄的普通照片给她就能实现,那两段骇人听闻的虐狗视频的确是多此一举。她为什么要那么做呢?黄蔚妮感到无法理喻但在颜小莉这里却不难理解,那就是:她突然涌起了强烈的惩罚欲望。她想要惩罚黄蔚妮,她认为自己有资格惩罚黄蔚妮,她感到通过惩罚黄蔚妮,就能够对女孩郁彩彩做出钱以外的、某种道德意义上的补偿。

但她的预想实现了吗?现在的颜小莉却感到了茫然。或者说,她有什么权力决定该惩罚谁,该怎么惩罚?

好在事情已经接近收场了。

颜小莉走近刚才被于刚丢下的那只麻袋,蹲下来,有条不紊地解开了扎口的绳索。麻袋里的耸动更激烈了,像蛋里的新生命正要破壳而出,并伴随着一声比一声响亮的哀鸣。然后,绳索与麻袋一齐褪去,麦克黄露了出来。它陡然看见了光,仿佛有点不能适应,然后紧张地打量着围拢过来盯着它审视的那些认识的不认识的人。

最后，它看到了黄蔚妮，欢呼一声扑了上去，一头扎进她的怀里，摇头晃脑地嗅着她身上久别重逢的香味。

不仅是黄蔚妮，在场的所有人都看到，麦克黄毫发无损，全须全尾。

10

颜小莉沿着山路往下走。刚下过了一场小雨，但脚下的土路并不泥泞，身边的树木却被冲刷得格外嫩绿，有些矮树的枝头还开出了一团一团无名的花。到这山上来了几次，颜小莉才第一次有心情看景色。

刚过去的那件事还在她心头回荡。她想起上午去看望郁彩彩的时候，女孩还专门问起了麦克黄："它现在好吗？"

"很好，好得不能再好。"颜小莉说。

"它回家以后会想我吗？"

"当然会。你也是它的朋友嘛。"

"但我们也只能把它送回去，对不对？"

郁彩彩似乎有点忧郁，又问，"它的主人见到它，是不是很高兴？"

"感动得都快哭了……人家还说谢谢你。"

郁彩彩欣慰地笑了。而此时的颜小莉想起黄蔚妮，竟不知是一种什么样的感触了。就像黄蔚妮在地下三层停车场看着颜小莉时，同样百感交集。

视频里那条狗当然是麦克黄，只不过它的爪子是被用双面胶粘在了木板上，钉子是从趾头缝之间钉进去的；从狗嘴里拔出来的当然也不是狗牙，而是颜小莉拆了自己的一串动物牙齿造型的塑料项链。这两个伎俩结合拍摄角度的变化，再搭配用番茄酱调成的鲜血，在电脑屏幕里就足以乱真了。而麦克黄的哀鸣也很配合——哪只狗被人摆弄来摆弄去，都会呜呜大叫。

别人仍要把颜小莉他们扭送到公安局去。虐狗是假，勒索是真，一样罪责难逃。

颜小莉垂头看着脚下，一副听凭发落的样子。

但她却听见黄蔚妮低沉地说:"算了。"

"干嘛算了?对这种吃里扒外的人就不能同情!"尹珂东插嘴,"再说我们好不容易才……"

黄蔚妮像没听见他的聒噪,继续对颜小莉说:"你走吧,以后咱们谁也不认识谁。"

于刚已经捂着肚子爬起来,趁机拽了颜小莉一把。旁边的人被黄蔚妮这反常的神色举止慑住了,也痴痴愣愣地让出一条路来。

颜小莉和于刚往外没走多远,背后的黄蔚妮忽然又说了一句:"这个拿着。"

颜小莉回头,一只塑料袋抛了过来,里面装的是那五万块钱。

这些钱,她在看望郁彩彩的时候,偷偷塞在女孩床头的小书桌抽屉里了。

走到那天出事的拐弯,于刚在那里等她。俩人也没再唏嘘,径直往山下走去。一会儿到了国道旁,颜小莉才问:"你去哪儿?"

"回内蒙。亲戚又帮我在锡林郭勒找了个工作,说是当司机,还能送我去考驾照。"于刚说，"你呢？"

"还在北京。明天有个招聘会。"

俩人互相点了点头，就此各奔东西。颜小莉横穿过国道，很快就拦到一辆出租车，上车后一回头，马路对面的于刚也不见了。车子轻快地行驶了几分钟，道路便拥堵了起来，再往前蹭一段，便发现是一辆卡车占据了内侧车道，开得又慢，挡住了后车。出租司机嘟囔了一句"怎么碰上这么一面瓜"，然后也像别人那样小心翼翼地并线，从卡车的一侧超过去。

颜小莉清楚地看到，那辆卡车的车斗也被改造成了铁笼，笼子里面装的都是狗。那是一些毫无品种可言的菜狗，一个个蔫头耷脑的，却也不声不响，仿佛对即将到来的命运毫无怨色。这种狗就算被送到狗肉馆里去，八成也不会有人来救它们吧。

颜小莉凝神与其中一只黄白相间的狗遥相对望，竟感到那狗有些许言语想对她说。

图书在版编目（CIP）数据

不准眨眼/石一枫著.-上海：上海文艺出版社.2017.6
（小文艺·口袋文库）
ISBN 978-7-5321-6294-9
Ⅰ.①不… Ⅱ.①石… Ⅲ.①中篇小说－小说集－中国－当代
Ⅳ.①I247.5
中国版本图书馆CIP数据核字 (2017) 第090600号

发 行 人：陈　征
出 版 人：谢　锦
责任编辑：乔　亮
封面设计：钱　祯

书　　名：不准眨眼
作　　者：石一枫
出　　版：上海世纪出版集团　上海文艺出版社
地　　址：上海绍兴路7号　200020
发　　行：上海世纪出版股份有限公司发行中心
　　　　　上海福建中路193号　200001　www.ewen.co
印　　刷：山东临沂新华印刷物流集团有限责任公司
开　　本：760×1000　1/32
印　　张：7.5
插　　页：3
字　　数：95,000
印　　次：2017年6月第1版　2017年6月第1次印刷
I S B N：978-7-5321-6294-9/I.5023
定　　价：27.00元
告 读 者：如发现本书有质量问题请与印刷厂质量科联系　T:0539-2925888

── 小文艺·口袋文库 ──

报告政府	韩少功
我胆小如鼠	余　华
无性伴侣	唐　颖
特蕾莎的流氓犯	陈　谦
荔荔	纳兰妙殊
二马路上的天使	李　洱
不过是垃圾	格　非
正当防卫	裘山山
夏朗的望远镜	张　楚
北地爱情	邵　丽
群众来信	苏　童
目光愈拉愈长	东　西
致无尽关系	孙惠芬
不准眨眼	石一枫
单身汉董进步	袁　远
请女人猜谜	孙甘露
伪证制造者	徐则臣
金链汉子之歌	曹　寇
腐败分子潘长水	李　唯
城市八卦	奚　榜

小说